Heinrich-Joachim von Morgen • Verrücktes Leben

Heinrich-Joachim von Morgen

Verrücktes Leben

Ein schwarzes Schaf erzählt

Die Deutsche Nationalbibliothek verzeichnet diese Publikation in der Deutschen Nationalbibliografie; detaillierte bibliografische Daten sind im Internet über www.dnb.de abrufbar.

© 2013 Heinrich-Joachim von Morgen
Umschlag: BoD, unter Verwendung des Bildes „Schwarze Tränen" von H.-J. von Morgen
Lektorat: Friederike Schmitz   www.prolitera.de
Herstellung und Verlag:
BoD – Books on Demand, Norderstedt

ISBN: 978-3-7322-1934-6

Vorwort

Dieses Buch wirkt auf den Leser möglicherweise sehr – direkt. Aber, wie die Lektorin findet, ausgesprochen erfrischend!

Der Text wurde übrigens auf Band gesprochen, erzählt, geplaudert, nicht: geschrieben. Es gibt folglich keine strikte Gliederung, sondern, wie es beim Erzählen so geht, fällt einem mal dies, mal noch jenes ein.

Einige früher veröffentlichte Texte, die dem Autor besonders am Herz liegen, finden sich hier noch einmal.

Eigentlich habe ich alles erlebt, ein Bankraub würde noch fehlen, eventuell ein Gefängnisausbruch.

Ich versuche, dieses blöde Tonbandgerät unter Kontrolle zu bekommen. Ob das jetzt wiedergegeben wird? Ich stoppe es in diesem Augenblick. Ja, ich glaube, jetzt habe ich es. Obwohl ich ja wieder vergessen werde, wie das funktioniert – aber es scheint gar nicht so schwierig zu sein. Naja, wenn man schon mit der Vorstellung an einen Apparat geht, es könne nicht gehen, dann geht's auch nicht. Is ja ne alte Weisheit.

Nun will ich aber endlich anfangen.

Dieses Buch widme ich voller Stolz meinen Söhnen und voller Dankbarkeit meinem Bruder Burghard und seiner Frau Elisabeth.

Von Herzen Dank sage ich meiner Patentochter Denise, die mir enorm geholfen hat, indem sie die Bänder „abgeschrieben" hat, sowie meiner Lektorin Friederike Schmitz, die manche beim Erzählen entstandene Unklarheit aufgespürt und sie durch Nachfragen geklärt hat.

Ich kam am 18. Januar 1933 in Berlin zur Welt, in einem Backsteinhaus im Westen, unweit des Hauses von Walter Benjamin. Die Erde dröhnte von stampfenden Stiefeln blutgieriger Kerle, die Luft vibrierte vom Stakkato männlicher Stimmen. Und ein Wort triumphierte über allem, es war das Wort „Heil". Heil hinten, Heil vorne, unten, über einem. So bin ich aufgewachsen. So hat mich die Welt begrüßt.

Von meiner Mutter habe ich gelernt, wie man erkennt, ob ein zunehmender oder ein abnehmender Mond da draußen hängt. Von meinem Vater lernte ich (vom Hörensagen), dass man mit demselben Gang den Berg runterfahren soll, mit dem man hinauffährt (es wurde mir nach seinem Tod erzählt). Die Familien: nicht sonderlich Hitler-begeistert, aber auch keine aktiven Gegner, vielleicht ein wenig mit dem Maul, aber nicht so richtig. Ich schreibe Familien, weil ich es auf derer drei im Laufe meines Lebens gebracht habe, also viele Großmütter, keinen Großvater, leider.

Mir fiel als achtjährigem Kind auf, dass da Menschen mit gelbem Stern gedemütigt wurden, obwohl ich das gar nicht richtig einzuordnen wusste. Dass hier Unrecht geschah, spürte ich aber. Und in der 27. Volksschule in der Kastanienallee sprang ich während irgendeiner Pause aufs Katheder und schrie: „Hitler ist ein Verbrecher!" Damals gab's noch Schläge auf das Gesäß und auf die Handflächen. Und um ein Haar wäre die ganze Familie hopsgegangen. Doch meiner Großmutter mütterlicherseits, „Frau Geheimrätin"

Frieda Nieders, gelang es, den aufgebrachten Klassenlehrer Dr. Bergfeld, der Deutsch unterrichtete, zu besänftigen. Vielleicht half es auch, dass über meinen Vater, Formel-1-Pilot und eine Art Volksheld, ein Extrablatt herauskam: dass er vor nicht allzu langer Zeit auf dem Nürburgring tödlich verunglückt war – mit seinem Bugatti. Vielleicht war auch die Tatsache hilfreich, dass mein Großvater, der General von Morgen, die Russen zusammen mit Hindenburg und Ludendorf bei der Schlacht von Tannenberg vom 26. bis 30. August 1914 bei Allenstein in die Masur'schen Seen getrieben hatte, worauf der russische General Samsonoff in den Birkenwäldern des riesigen russischen Reiches Selbstmord beging. Viel später schrieb ich ein Gedicht zum Gedenken an all die Juden, die ich mit ihren Sternen am Adolf-Hitler-Platz gedemütigt stehen sah.

Leider hat mir ein Gott die Kunst der Verdrängung verwehrt, was aber auch etwas Gutes hat, beispielsweise wenn man schreibt und sich mit der Vergangenheit auseinandersetzt. So fragte ich mich etwa, wo sind die Bugattis meines Vaters geblieben. Wo sind sie geblieben? Wo sind die Autos, darunter ein Bugatti Royal? Ein solcher wurde, ob Sie es glauben oder nicht, neulich bei Sotheby's versteigert und brachte über zehn Millionen Dollar. Da mein Vater Privatfahrer war, gehörten ihm auch die Rennwagen. Er besaß bei seinem Tod zwei davon.

Wo sind die Bilder, die eine ziemlich bekannte Malerin, eine Schwester meines Großvaters, gemalt hatte? Darunter ein riesiges Gemälde meines Großvaters, einige Schlachtengemälde, viele Porträts von Familienmitgliedern. Ist es denn eine Schande, wenn ich, der ich inzwischen zwei Söhne und vier Enkelkinder habe, mir diese Fragen heute stelle?

Andere dürfen auch trinken, dürfen Schulden machen und dürfen hier und da verrückte Dinge tun. Warum werden bei mir andere Maßstäbe angelegt? Ich habe ohne je sitzen geblieben zu sein mein Abitur gemacht. Habe unter schwierigsten Bedingungen mit nicht mehr als 250 DM - von denen ich alles bestreiten musste - zwölf Semester Jura studiert. Ich war schon angemeldet zum ersten Staatsexamen, die Professoren in Göttingen hielten mich für sehr geeignet als Jurist.

Dass ich damals aufgegeben habe, verfolgt mich heute noch. Doch es passierte zu jener Zeit diese Geschichte mit der Sizilianerin und niemand, aber auch niemand hatte mir in dieser Situation helfen wollen. Die Einzige, die mich zu sich nahm, damals in Kitzbühel lebend und mit dem Chefredakteur Kampf der Zeitschrift Constanze verheiratet, war meine geschiedene erste Frau Margita. Wo waren all jene geblieben, die immer vollmundig verkündet hatten, ich sei doch einer von ihnen? Ruth und Connie eingeschlossen. Man kann ja nicht verlangen, dass jeder ein Tiefenpsychologe ist. Aber gleichgültig behandelt wurde ich. Es ist meine Art, dass ich, wenn ich einsehe, dass ich einen Fehler gemacht habe, mich entschuldige. Doch ich musste im Laufe meines Lebens feststellen, dass man mir meine Einsicht gar nicht abnehmen wollte. „Du machst es dir zu leicht, Heijo", und es wurde weiter auf mir herumgehackt.

Ich glaube, noch bevor ich zehn war, wurde ich Pimpf. Hatte ein braunes Hemd, ein Koppel mit irgendwas drauf, ich glaube, „Treue zum Volk" (ich weiß nicht mehr sicher, was draufstand) und Lederriemen und ein Fahrtenmesser und ne schwarze Cordhose; ich war so'n richtiger kleiner Soldat. Da sangen wir dann schöne Nazilieder. Eins habe ich noch in Erinnerung:

Kain hat Abel mal wieder geschlagen –
die können sich ja nicht vertragen!
Der liebe Gott am Himmel stand:
Und wenn ihr jetzt nicht artig seid,
bewerf ich euch mit Sand!

Adam hat schon wieder mal gesündigt,
da hat ihm der liebe Gott gekündigt.
Und er spricht, oh Schreck, oh Graus:
Mein liebes kleines Adamchen,
am Ersten fliegst du raus.

Haut sie tot, die ganze Judenbande,
jagt sie raus aus unserm schönen Lande,
haut ihnen Arsch und Beine ab
und schickt sie nach Jerusalem,
sonst kommen se wieder rin.

Hambambambambadaridarida.

Die Deutschen standen an den offenen Fenstern und haben das gehört und uns zugejubelt und fanden das alles in Ordnung und haben sich gefreut über diese strammen, hübschen deutschen Jungs. Ich war so hübsch, dass sie mich zum Film holen wollten; sie haben gesagt, das sei ein männlicher „Shirley Temple". Da hat meine Mutter gesagt: „Nein, das geht nicht, ein von Morgen geht nicht zum Film." So nach dem Motto „Hängt die Wäsche weg, die Schauspieler kommen!"

Genauso haben die Cramms später einmal gesagt, als die Amerikaner nach dem Krieg Gottfried von Cramm, dem Tennisspieler, angeboten haben, die Coca-Cola-Vertretung für Deutschland oder für ganz Europa zu übernehmen – da also haben die Cramms gesagt: „Cramms handeln nicht mit Limonade."

Damals habe ich auch den ersten Zeppelin gesehen, ich werde nie vergessen, wie das riesige Ding da über Berlin rumflog – fantastisch, und der Göring hat gesagt: „Ich werde Meier heißen, wenn jemals ein amerikanisches oder englisches oder französisches Flugzeug hier in Berlin auftaucht." „Herr Meier, guten Tag!" Das hat er '39 oder '40 gesagt, dieser Idiot. Noch dazu war er Morphinist, schon in seiner Zeit als Flieger.

Mein Vater flog auch, meine Onkel waren alle in der Reiter-SA. Doch eines Tages wurden sie rausgeschmissen, weil herauskam, dass ihre Großmutter, die Malison, Jüdin gewesen war. Das hatten die gar nicht gewusst. Da sind sie rausgeschmissen worden. 'Ne peinliche Angelegenheit für Leute, die in Berlin eine gewisse Rolle spielten. Das waren drei Brüder, die übrigens von-Morgen-Kongo, von-Morgen-Tango und von-Morgen-Mungo hießen: „-Kongo", weil dieser Bruder immer versuchte, eine Farm im Kongo wiederzubekommen, die die Engländer der Familie weggenommen hatten, „-Tango", weil dieser Onkel gut Tango tanzen konnte, und „-Mungo", weil mein Vater als Baby so aussah wie das kleine Affenbaby im Berliner Zoo, das Mungo hieß.

Omi mütterlicherseits war antisemitistisch und machte Witze über Juden. Auch mochte sie die Neger nicht und behauptete bei großen schwarzen Sängern, die könnten gar nicht singen, es wären im Grunde Weiße, man hätte sie mit Schuhpaste geschminkt, schwarz geschminkt.

Ich wuchs heran mit meinem Vetter Jörg, der damals in unserm Haus wohnte; er war fünf Jahre älter als ich. Wir fingen bald an, Rebellion zu üben. Ich, indem ich so unordentlich war, dass es kein Mensch glauben konnte, er, indem er mit seiner Luftpistole und einem Kleinkalibergewehr nachts Fensterscheiben zerschoss. Die armen Leute in der Nacht, die das Schrillen ihrer Klingeln nicht überhören konnten, da wir mit Knetgummi die Drucktasten befestigt hatten.
 Früh schon hatte ich Angst vor der Polizei; wenn ich auf dem Fahrrad saß und einen Polizisten sah, duckte ich mich. Die Nazis hatten das Sagen, aber ich merkte noch nicht viel davon. Erst als ich fünf oder sechs war, in der sogenannten Reichskristallnacht, spürten wir die furchtbare Drohung und waren erstaunt, zu

sehen, wie kleine jüdische Menschen mit gelben Sternen gejagt und geprügelt wurden. Fensterscheiben wurden zerschlagen; alles, was wir nicht durften, machten dort die Polizisten. Es war zum Fürchten. Wir sahen kleine schwarze Gestalten am Reichskanzlerplatz, oberhalb von der Lindenallee war der Reichskanzlerplatz – heute, glaube ich, heißt der Theodor-Heuss-Platz. Da standen sie herum, still wie verloren, und das Grauen packte mich. Ich wusste genau, in dem Alter schon, hier geschieht etwas Grausiges. Hier konnte etwas nicht stimmen, da ging etwas vor, das unglaublich war.

Hamburg Rothenbaumchaussee

Und hinten, schemenhaft,
am Zaun entlang sich ziehend,
diese Frau,
die Alte, namenlose,
kaum erkennbar,
in Lumpen.
Langsam nur kommt sie voran.
Zwischen uns die Straße,
hastende Passanten,
Bankiers, Ehemänner, Zuhälter.
Am rostigen Gitter
sich bewegende Fetzen,
Haar, Stoff,
alles eins;
sich selbst erschöpfend,
langsam sich vorwärts bewegend.

*Kein Gesicht,
ein Klumpen.
In einer Stunde
fünf Stäbe
und dann zurück.*

An dieses Gedicht denke ich ständig, wenn ich langsam und schwach meine Runden durch die grauen, staubigen Straßen.

*Ihr, die ihr da am Strand sitzt,
wisst ihr nicht,
dass euer Nachbar ertrinkt?
Wisst ihr denn nicht,
dass es einen anderen dürstet?
Und dass er statt der Worte Wasser,
ja Wasser braucht?
Keine Belehrungen,
Wasser in einem Gefäß,
denn eure Hände sind zu dumm,
tut weniger,
doch tut! Tut! Tut!
(Es klingt wie der einsame Vogel in der Provence.)*

Ich blättere in meinem ersten Buch – hier einige Überschriften:

Wie ich das Schweben lernte / Der Golfspieler P. A. Macguirre jun. / Was habt ihr getan all die Zeit / Heimat / Formentera – Lied einer Insel / Erinnerung an eine Reise / Ramblas, Barcelona / Der Rundfunk kommt / So um den 18. Januar herum, Geburtstag / Der Tod Roberto Blancos / das deutschlandlied! (Klein geschrieben, ganz ganz klein) / Gedicht Nr. 18 / Kennst du die Kälte, die klirrt? / Seht ihn euch an ... / Gedanken eines Kindes vor dem Schlafengehen / Schlagzeuger in New York / Barbara / Hamburg – Paris / Aufsatz eines Primaners / Baum am Abend nahe einer Fernsehstation / Ein Heiland / Aufsatzthemen für Abiturienten im Herbst 1977, als alles noch unbedenklich war, zu einer eher „hohen" Zeit / Auf unwegsamem Gelände zu Barbaras Woolworth Hutton / Horst Müller, Fremdenlegionär / Mut zur Aufgabe auch ohne die mögliche Fortsetzung / Eine meiner Hochzeiten / Die Konnersreuth – ein medizinisches Wunder – bekam von den Nazis, also den Deutschen, keine Lebensmittelkarten, da sie ohne Essen auskämen.

Interview / Bewältigte Vergangenheit / Evi Pan und Vero Nal, stärkste Schlaftabletten / Statistik / Tod im Münster, Tate Gallery, Februar '57 / Kunst für jeden! / Moische Muschinski – ein polnischer Jude / Bonn – Debatte über den Nachtragshaushalt X – 1035 / Theaterstück I / Theaterstück II / Nachwort, ziemlich unnütz / Die Verglasung / Hebammen gibt es nicht mehr / Wer suchet, der wird / Vergangen, na also / In der Nacht / Weiße Fahnen, kurz vor Weihnachten / Die Kreuzigungswege entlang / Seefahrt in fremde Richtung / Frühe Liebe / Entfernung / Marcel Reich-Ranicki – Ranicki Reich / Horst Janssen / Spanienreise ohne Ende / Mitten unterm Kummerbaume / Und deine Worte / Wenn ich Atem hätte / Im Quantentakt ge-

schichteter Zeit / Mir graut's / Schlimmer noch / Abgetrennt / Im Zuchtbau / Manchmal / Verschiebung der Angstsymbole / Mäuseangst / Goethe? Na und? / Er konnte sich nur noch schlecht mitteilen / Das auch / Das Bild / Zu Klee ... / Komm, wir wolln das Streicheln wieder lernen / Brief an Dirjana, eine Serbin / Hast du dein Spiegelbild hinweggeweint? / Folter-, Flüchtlings-, Kinderelend.

1936 heiratete meine Mutter Adalbert von Cramm, den Bruder des berühmten Tennisbarons Gottfried von Cramm. Der Adel war im Großen und Ganzen nicht sehr beliebt bei den Nazis. Als mein zweiter Vater eine Lungenentzündung bekam und trotz hohen Fiebers Wache schieben musste am Lehrter Bahnhof, haben die Nazis ihn praktisch verrecken lassen, einfach sterben lassen, ohne ihn ins Krankenhaus zu überweisen.

Einmal in der Nacht gab es einen furchtbaren Bombenangriff, Berlin brannte, alles war knallrot im Flakbeschuss. Die Flugzeuge kamen in Formation in die Scheinwerferkegel, und man sah ab und zu eines abstürzen. In das Haus neben uns fiel eine Brandbombe und es war grellhell. Die Brandbombe rutschte die Dachrinne runter und fiel dann auf den Boden vor der kleinen Garage, und es zuckte, wie gesagt, grellhell, und meine Omi und ich waren noch nicht im Luftschutzkeller. Wir standen im Wintergarten mit all unseren Kakteen, Omi fasste mich an der Hand und sagte zu mir: „Heijo, jetzt sehen sie uns, jetzt sehen sie uns und werden eine Bombe auf uns werfen." Worauf ich zu Omi sagte: „Omi, erstens können sie uns nicht sehen und zweitens wollen sie uns gar nicht bomben, die wollen uns gar nicht bomben. Die wollen ganz andere bomben. Irgendwo anders hinwerfen, aber doch nicht auf unser kleines Haus in der Lindenallee." Da beruhigte sich Omi, ging zu ihrem Schrank, holte ihren Likör und gab mir einen. Von dem Moment an war ich dem Alkohol zugetan. Das war übrigens die Omi, die mir Schach, Pingpong, Tennis und alles andere beibrachte und die mir pausenlos vorlas, wenn sie strickte mit ihren polierten Fingernägeln.

Der mit aller Macht anerzogene Gemeinschaftssinn war grausig für mich – und diese Zeltlager! Da musste man seine Sachen packen, in einen Tornister mit einer Decke, dann ging man in Uniform los in Viererreihen oder Dreierreihen, ich weiß es nicht mehr so genau. Man musste marschieren bis ans Ende der Welt. Da waren dann Zelte, Riesenzelte, alles alles stank. Man lag auf Zeitungen und morgens wurde Appell geblasen. Da musste man antreten, links herum, rechts herum, stillgestanden, rührt euch, Heil Hitler, Heil Hitler und dann das Horst-Wessel-Lied und die Hand hoch und immer wieder rechtsrum, linksrum, wir werden aus euch Soldaten machen für unser Volk, für unser Vaterland. Wir werden sterben, wir lieben den Tod, und Goebbels schrie wie ein Verrückter: „Wollt ihr Butter oder Kanonen?" Und die ganze Versammlung schrie: „Wir wollen Kanonen, wir wollen keine Butter, wir wollen Kanonen!"

Sie haben es geschrien, es ist dokumentiert, alles, was ich hier sage, ist dokumentiert. Ich kann es beweisen, doch wenn ich das Gedicht von der bewältigten Vergangenheit vorgelesen habe, sind Leute aufgestanden und haben mich beleidigt, haben mich beschimpft. Ich bin noch gerade mit heiler Haut davongekommen. Das war vor 25 Jahren – sie hätten nichts gewusst. Da kann ich doch nur lachen! Da kann ich doch nur lachen! Wenn ein kleines Kind es geahnt und gewusst hat, wie kann dann irgendein Erwachsener aus der Zeit sagen, er hätte nichts gewusst?

Es gibt ein wunderbares Buch von Alexander Mitscherlich, „Die Unfähigkeit zu trauern". Ja, wer hat es gelesen und wer hat es verstanden?

Jede Bibliothek, jedes Haus in Deutschland hatte Hitlers „Mein Kampf", da stand doch alles drin über die Juden und über diesen Judenhass. Es ist unglaublich. Heute ist „Mein Kampf" immer noch auf dem Index, nicht zu kaufen, und das Volk der Dichter und Denker behauptet, es habe Hitlers „Mein Kampf" nicht gelesen und sie diskutieren großartig, jeden Tag. Jetzt sind die auferstehenden Nazis wieder in Deutschland, und zwar organisiert. Da reden sie und quatschen dummes Zeug, anstatt zuzugeben, dass über 50 Prozent aller deutschen Leute noch nazistisch denken. Sie sagen, jawohl, die Ausländer raus, die Neger raus, die Juden raus, das kostet uns nur Geld. Das glauben die Leute doch alle. Das ist Volksmeinung.

Meine Mutter, die 1936 also Adalbert von Cramm heiratete, bekam danach noch drei weitere Kinder, meinen Halbbruder Burghard und meine Halbschwestern Jutta und Irene. Natürlich hießen sie von Cramm, ich hieß von Morgen, und da die Barone waren und ich nicht, hatte ich immer das Gefühl, ich sei etwas Minderwertiges.

Über meine Schwestern sollte ich den Mantel des Schweigens breiten. Nur so viel will ich sagen: Als meine Mutter schon sehr alt war und immer dem Druck meiner Schwestern widerstanden hatte, ein Testament von ihnen diktiert zu bekommen, war sie am Ende zu schwach und unterschrieb einen Wisch, in dem sie ihren Schmuck meinen Schwestern Irene Leu und Jutta Freifrau von Cramm-Blanc vererbte. Vor meinen Schwestern hatte meine Mutter eher Angst und ließ es nur unter Druck zu, dass ihre Söhne benachteiligt wurden. Den Schrieb setzte ein Neffe von mir auf, unser Rechtsanwalt und Notar Baron Adam von Kottwitz, dessen Sein auch nicht ganz lupenrein war.

Sollten wir klagen? Wer tut das schon?

Bei der Beerdigung meiner trotz allem lieben und geschätzten Mutter in Freiburg musste ich ausgelassene und feixende Schwestern erleben.

Wenn man fragt, ob es denn nötig sei, diese Erbschaftsangelegenheiten nach Jahren wieder ans Licht zu zerren, so sage ich, ja! Ja, denn erstens bin ich ein Wahrheits- und Gerechtigkeitsfanatiker und zweitens sind mir in der letzten Zeit die Briefe meiner Schwestern in die Hände gefallen. Diese Briefe sind von einer solchen Hässlichkeit mir gegenüber, so hässlich, dass ich mich einfach zur Wehr setzen musste – auch gegen die Drohung, man müsste mir die Erbschaft entziehen, da ich nie bei meiner Mutter gewesen sei und ihren 90. Geburtstag nicht gefeiert hätte. Dabei war ich am Abend vorher bei ihr; ich kann so viele Menschen einfach nicht ertragen, und das wusste und verstand sie. Ich war jedes Jahr mehrmals bei ihr. Mein Bruder Burghard kam zweimal die Woche zu meiner Mutter und doch meinten die beiden Schwestern, sie hätten sich am meisten um meine Mutter gekümmert. Wobei sie sich ihr Leben lang über meine Mutter hinter deren Rücken mokiert haben.

Im Grunde wollte man mir nur deutlich machen, dass eine Enterbung wegen Undankbarkeit im Raume stand. Das war hundsgemein und lachhaft. Bei der Hochzeit ihrer jüngsten Tochter Theresa in Wien wurde ich offiziell eingeladen und dann wieder ausgeladen mit der Begründung, ich hätte scharfe Waffen bei mir und würde die Menschen bedrohen und ihre Tochter Theresa wäre vollkommen hysterisch geworden, als sie gehört hatte, ihr Onkel würde kommen, ich würde kommen. Wenn meine Nichte hysterisch wird, dann kann es nur sein, dass meine Schwester Jutta ihrer Tochter böse Sachen über mich erzählt hat. Ich hatte damals die Eisenbahnfahrt gebucht und mich sehr darauf gefreut, meine Familie nach so langer Zeit wiederzusehen. Zudem sei gesagt, dass ich niemals eine scharfe Waffe besessen habe.

Wegen der bevorstehenden Bodenreform 1945 wurde das Gut der Cramms unter verschiedene Familienmitglieder aufgeteilt. Mit der Maßgabe, dass das später rückgängig zu machen sei.

Meine lieben Schwestern fühlten sich benachteiligt, als sie ihre Pseudoanteile zurückgeben mussten. Rechtlich und moralisch vollkommen okay, denn ihr Vater hatte keine Anteile hinterlassen. Seither laufen sie mit Mater-Dolorosa-Gesichtern herum und fühlen sich derart betrogen, dass sie meinen, es aller Welt verkünden zu müssen. Was vielen Leuten nicht gelingt, wir haben sie durchschaut: Meine Schwester Irene fühlte sich bei der Erbschaft betrogen, sie habe nie das bekommen, was sie begehrte. Dabei hätte sie von dem vielen Geld, das meine Mutter ihr hinterlassen hatte, alle Dinge aus der Erbschaft oder aus der Versteigerung selber kaufen können.

Mein Vetter Jörg war fast die einzige männliche Kontaktperson, die ich zu der Zeit hatte, zudem Gottfried von Cramm, der Tennisspieler, ein fabelhafter Mensch. Die Nazis hatten ihn auf der Rechnung, weil er Kontakte zum König von Schweden hatte und Kontakte dadurch auch zu den Engländern. Daraus drehte man ihm einen Strick und konstruierte eine homosexuelle Geschichte mit einem deutschen Freund. So musste er ein Jahr in Haft, wobei er sogar den „Vorteil" hatte, Kalfaktor zu werden. Im März 1940 starb mein zweiter Vater in einem Sauerstoffzelt in den Armen meiner Mutter, das war im März '40. Ich erinnere mich noch, meine Mutter kam zu mir ins Zimmer, ich war krank, hatte Fieber und sah meinen Vater, meinen Stiefvater und meine Mutter tanzend auf der Wickelkommode gegenüber. Meine Mutter sagte: „Papi ist tot." Ich konnte mir nicht viel darunter vorstellen.

Mein Stiefvater hat sicher gute Absichten gehabt, vielleicht war er zu jung. Bei Tisch hat er mich zweimal geschlagen, das kann ich nicht vergessen. Aber das war damals in den Familien üblich.

Mein Vater lag auf dem Friedhof neben der Andreaskirche, nahe der Avus; da liegen auch meine Großmutter Else und mein Großonkel. Und mein Urgroßvater, der Vater meiner Großmutter – er hieß Robert Guthmann und hat hier viele Straßen gebaut. Man sagte, er habe die als Bauherr gebaut. Er erfand die freitragende Zementdecke. Er muss ein sehr wohlhabender Mann gewesen sein.

Angeblich hatte mein Vater eine sehr traurige Jugend in einem Militärinternat. Er hatte nur eins im Sinn: Rennen zu fahren. Da er als Privatfahrer nicht über die Mittel verfügte und noch so jung war, achtzehn, neunzehn, gaben ihm seine Brüder das Geld, damit er Rennen fahren konnte. Dafür musste er eine Erklärung unterschreiben, dass er auf sämtliche Erbschaftsansprüche verzichtete. So habe ich von meinem Vater nur ein Sechzehntel seines Hauses in Lübeck und wenige Kleinigkeiten geerbt. Die Reifen mit den Spikes, die er beim Eibsee-Rennen benutzte, wo er gegen Udet, den berühmten Flieger, und gegen den Weltmeister im Motorradfahren Henne fuhr, hingen noch in der alten Garage meiner Großmutter.

Meine Mutter und mein Vater hatten geheiratet, als sie sich erst wenige Tage zuvor kennengelernt hatten. Das war im Februar 1932, und am 27. Mai 1932 verunglückte mein Vater auf dem Nürburgring tödlich. Bis heute weiß man nicht, wie es geschah. Viele vermuteten Sabotage. Denn damals wurde viel Sabotage betrieben, besonders von Ferrari, weil die Bugattis einfach die besten Autos waren. Die Fahrer oder die Monteure schliefen teilweise in den Autos, weil man Angst haben musste, dass irgendwie manipuliert wurde. Mir hat ein Fahrer berichtet, der am 27. Mai bei der Trainingsfahrt hinter meinem Vater hergefahren war – er habe gesehen, wie plötzlich der Wagen sich aufgebäumt und einfach überschlagen habe. Da es damals keine Überrollbügel gab und mein Vater über zwei Meter groß war, brach er sich das Genick.

Meine Mutter saß in den Boxen und stoppte die Runden meines Vaters, wie auch Frau Stuck und die anderen Frauen der Fahrer. Meine späteren Patenonkel Prinz von Leiningen und Manfred von Brauchitsch fanden im Rennwagen ein Eisenteil, das nicht zu dem Bugatti gehörte. Meine Mutter versuchte, Selbstmord zu begehen, und da sie schon abhängig vom Morphium war – infolge mehrerer schwerer Operationen im Kniegelenk war sie früh ans Morphium gekommen – bekam ich (in ihrem Bauch) wohl was mit. Das alles konnte sie nicht überwinden und war wie von Sinnen, sodass sie auch meinem Vater nicht das letzte Geleit geben konnte.

Mein Vetter Jörg zog aus, was mich sehr traurig machte. Doch wir sahen uns fast täglich, er beschützte mich vor bösen Feinden, deren ich sehr viele hatte in meiner Klasse, denn ich konnte die Schnauze nicht halten und wurde aufgrund meines Namens oft gehänselt. Sie können sich vorstellen, man nannte mich Morgenstern, Übermorgen, Vorgestern, Gestern usw. Wenn es zu schlimm war, kriegte ich einen meiner Wutanfälle, und so passierte es einmal, dass die ganze Klasse der 27. Volksschule in der Kastanienallee vor mir herlief, weglief, weil ich ein Brett über dem Kopf schwang, das voller Scheiße war, und sie hatten Angst vor mir.

Also konnte ich schon ganz schön meinem Großvater ähneln, dem blutigen Franz, der deswegen den Namen erhielt, weil er einmal in Russland seinen zurückweichenden Soldaten bei unangenehmer Kälte um 2 Uhr nachts, angetan mit nur einem Nachthemd und einer im Koppel um die Hüfte geschnallten Pistole, barfuß entgegensprang und drei oder vier von ihnen erschoss. Woraufhin die deutschen Truppen sich erschreckt umwandten und die Russen doch noch zurückschlugen. (Nachzulesen bei Barbara Tuchmann, August 1914, S. Fischer Verlage.) Seitdem hieß er der blutige Franz, aber das ist eine andere Geschichte.

Formentera – Lied einer Insel

Über die Insel
weht der Wind.
Sie ist wie eine Welle,
und wenn die Sonne kommt,
ist alles so leicht,
die Farben fangen zu sprechen an
und das Leben
hört auf,
bedeutungsvoll zu sein.
Hier ist es,
als sprächen Steine
verschlüsselte Märchen,
und wenn die azurgrünen Blüten
Münder hätten
– ob sie erzählen könnten,
was ich erlebe?

Manchen Frauen stelle ich einen Besen vor die Tür,
damit sie hinterher schneller nach Hause kommen.

Komm, Mann, schieb den Gin rüber

Komm, Mann, Mann, komm,
schieb den Gin rüber,
kein Aber!
Los, Mann, gib die Flasche her!

*Du abgespritztes Elend,
ich hau dir gleich die Ohren rot
oder die Nüsse.
Meine Haut ist so dünn heute
und die Tabletten sind ausgegangen;
komm, mach schon!
Leg die Hände auf den Tisch
und glotz mir nicht
die letzte Seele
aus dem Leib.*

Er war so einsam

Er war so einsam,
dass er begann,
sich selbst Telegramme
zu schicken –
und es fror
seine Außenhaut
während es innen
zu steinern begann –
und er dachte:
Ich wusste einmal
die sieben Weltwunder
und die zehn Gebote
auswendig,
meinen Stammbaum bis 1747
und eine Schlankheitsdiät. –
War denn alles,
wirklich alles
umsonst?

*Und dann war da ein Tag auf jener Insel im Herbst.
Der Wind schlug an die Tür des leeren Hotels. Es war,
als sei ich übrig geblieben, in all dem Grau, der Gischt
und dem Salz, das vom Meer kam, und ich schrieb
dieses*

Gedicht für dich

*Sag mir, Geliebte, bist du mir nah?
Hörst du von drüben die Möwen?
Die Möwen, die so hungrig sind
und ihre weiten Kreise ziehen?
Kreise, die nicht ganz geschlossen sind
– kommt das vom Hunger der Möwen?*

*Kennst du die Kälte, meine Geliebte?
Ich meine die Kälte,
die drunten im Wasser klirrt
und hoch oben im Schnee.
Und die Tropfen,
die an den Fenstern sich winden,
wenn es Abend ist
und der Tag seine Hände
zu falten beginnt.*

*Von Weitem kommen runde Glockenschläge dann,
die Glocken bewegen sich schon nicht mehr
und ihre schweren Töne fangen an
dahinzuwelken,*

*nun sind sie fort
und doch sind sie ewig.*

Geliebte, du kennst die Einsamkeit,

*wie ich.
Du wehrst dich
– warum?*

Der Tod Roberto Blancos

*Ein Jahr ging zu Ende. Die Produktion für die Silvestergala war schon lange abgeschlossen. Ein Teil war nicht gesendet worden, war aber als Markstein, als fernsehgeschichtlich wichtiger Beitrag auf Bänder gerollt.
Das Zusammensein fand an einem riesigen, zugefrorenen, unbekannten See statt, und sie trafen sich alle.
Der Verwaltungsrat saß vollständig und unverjüngt am Ufer des glitzernden Eises, im Frack. Seejungfrauen überbordeten die Tische mit Überbackenem, Langusten und Kaviar, Champagner und Knallbonbons.
Damen wie Mimen marschieren ein, sich anfassend und lächelnd, durch ein Tor, ein großes, glanzvolles, geschmückt mit Lametta und Eiszapfen. Ein Tusch, zweiter Tusch, Tanzmusik. Max Gregor, braun geschminkt, seine Musiker und er selbst; oh ja, er kann auch selbst, wenn er will: spielen, Evergreens, Glenn-Miller-Style. „Noch zwölf bis achtzehn Jahre, dann*

haben wir den Sound", soll er vor Kurzem einer Vertrauensperson mitgeteilt haben.
Glücklich lächeln die Intendanten, denn jetzt tanzen ihre Kessler-Zwillinge, Peter Alexander steppt dazu einen Mambo im Spitzenhemd. Die Kesslers wie gewohnt: wie ein Ei dem anderen.
UNSER UDO! An einem blauen Flügel, mitternachtsblau in einem Rokokogewand aus gewirktem Flanell.
„Oh, dieser wundervolle Refrain", schluchzt die Meisel, ganz Mutter Courage.
In einer Pause tanzt die Valente den Mummentanz, einbeinig und linksherum.
Hinter einem Vorhang werden noch schnell ausländische Akzente geübt.
Das Eis biegt sich und die Sterne leuchten heller. Das Hamburger Fernsehballett tritt auf, in der Mitte Gerhard Löwenthal, ein Stück Kuchen essend, einem Stück aus der Berliner Mauer getreulich nachgestylt.

das deutschlandlied! (Klein geschrieben, ganz ganz klein!)

Allgemeine Begeisterung, Trunkenheit – ein Colli fliegt durch die Luft. Heino, Uschi, Rosenberger, ja selbst Dr. Werner Schneyder treten auf, „ein Akademiker", flüstern Komparsen, die aber frieren.

Im Kreise, mitten auf der Eisfläche, die Herren Nachrichtensprecher, die sich pausenlos mit ihren Duponts die Pfeifen anzünden, wie richtige Herren. Sie glauben schon seit Langem, dass all die vielen Nachrichten, die sie verlesen, jeden Tag, ihre eigenen Botschaften an das Millionenheer sind. Tatsächlich, jetzt werden sie zu Rittern geschlagen, Ehrenpräsident Holzammer persönlich nimmt die Handlung vor. Kreischen ist zu hören. Ein überdimensionaler Lautsprecher verkündet: „Dies ist der Höhepunkt. Wir erleben eine Begebenheit von historischer Dimension." Ein Delphin versucht, unter dem Eis zu verschwinden. Böller, Gelächter, Heiterkeit und immer wieder spitze Schreie. Da, was ist das? Nein, so was. Die Schell, jawohl, es ist Maria. Und gleich drei Bundespräsidenten, die sich an den Händen halten. Maegerlein und Kürten tanzen wie besessen den Kleine-Leute-Tanz. Kürten trägt eine aus Hundertmarkscheinen gewirkte Krawatte. Was für ein Einfall, und dann auch noch auf Stelzen. Alle strahlen immer wieder und besonders bei der Totalen. Wie halten das die Muskeln aus? Training! Die Matz fährt geisterhaft auf Schlittschuhen um dunkle Pfähle herum. Und dann der letzte Tupfer: Roberto Blanco versinkt im Eis. Er hatte sich diesen Abgang so sehr gewünscht, dass man ihn einfach gewähren lassen musste. „Hier verschwindet unser Roberto." Noch einmal Winken im nächtlichen Eis. Roberto, Aushängeschild für gebändigten Rassenhass, und beim abschließenden Schießen auf die Ballwand darf sogar Rabbi Seligmann im Tor stehen, jawohl.

Die Scheinwerfer erloschen allmählich, doch im engeren Kreis wurde weiter gefeiert bis in die frühen Morgenstunden.

Damals, kurz nach dem zweiten Weltkrieg, startete ich meine erste Karriere, und zwar als Pingpong-Spieler. Tennis gab es damals ja nicht, keine Schläger, keine Bälle, aber Pingpong brachten uns die Amerikaner mit. Und da begannen wir das Tischtennis oder Pingpong-Spiel, kniend am Boden, und immerhin brachte ich es innerhalb von zwei oder drei Jahren zum Dritten von Niedersachsen.

Bei der einen Niedersachsenmeisterschaft passierte etwas sehr Merkwürdiges. Ich hatte gewonnen und war in der Vorschussrunde (im Halbfinale) und wurde ausgerufen. „Heinrich von Morgen, Platte 5, spielt jetzt in der Vorschussrunde gegen Kohlbrecher." Bevor ich an die Platte 5 gehen konnte, kam ein Mann ganz aufgeregt zu mir und sagte: „Von Morgen, von Morgen, sind Sie verwandt mit dem Rennfahrer?" Ich sagte: „Ja, das war mein Vater." Da sagte der Mann: „Das ist unmöglich; ich bin einer seiner beiden Monteure gewesen. Ihr Vater hatte keinen Sohn." Ich sagte: „Das ist ja auch kein Wunder, er ist vor meiner Geburt gestorben, verunglückt." Und ich sagte noch: „Unterhalten wir uns doch ein anderes Mal, weil es mich interessiert, etwas von meinem Vater zu hören; meine Mutter war ja nur zwei Monate mit ihm verheiratet und ich weiß wenig von ihm." Der Monteur meldete sich aber nicht, was mir sehr eigentümlich schien, aber das erzähle ich später.

Wie der dritte Weltkrieg begann

Der Golfspieler P. A. Macguirre jun. hatte, wie er später berichtete, nach seinem Sieg beim Klassiker von Detroit einen Traum, in dem ihm das Krokodil, dem er in dem moorigen Gelände ein Auge mit dem zweiten Ball des fünften Loches ausgedroschen hatte, zitternd vor Wut mitgeteilt, es wolle sich an ihm rächen. Fortan erschien er bei weiteren Turnieren mit einer großkalibrigen Jagdflinte, später in einem gepanzerten Range Rover, da er steif und fest behauptete, das Krokodil lauere ihm allerorts auf und wolle mit seinem Schwanz die Fenster des Wagens zertrümmern, um ihn dann zu erledigen. Nachts sah man Macguirre jun. vor den Turnieren in einer Art Ritterrüstung durch das Unterholz kriechen und unter Zuhilfenahme einer am Helm montierten Lampe Ausschau halten. Auf die Frage, woher denn in Gottes Namen das Krokodil wisse, auf welchem Turnier er gemeldet habe, hatte er achselzuckend und wie es schien äußerst indigniert geantwortet, das Krokodil habe längst lesen gelernt, und nur ein Volltrottel könne eine solche Frage stellen. Als er eines Tages in einem mit Spezialstahl gepanzerten militärischen Kettenfahrzeug auf dem Kurs von Lancaster im Staate Ohio erschien, wurde er disqualifiziert, auf Lebenszeit disqualifiziert, und wandte gezwungenermaßen dem Golfspiel den Rücken und sich dem Pingpong-Spiel zu, nachdem er auch als Bongo-Spieler in einer Damenband Schiffbruch erlitten hatte. Er hatte schon als Kind bei seiner Großmutter auf einer zweckentfremdeten Küchenbank das Pingpong-Spiel erlernt. Nach seinem Fiasko beim Golf wandte er sich also dem Pingpong zu, machte in kürzester Zeit enorme Fortschritte, sowohl als Einzel- wie auch als Doppelspieler und tauchte am 1. Juli jenes Jahres völlig unerwartet im Halbfinale der amerikanischen offenen Meisterschaften in New Heaven auf, wo er im fünften Satz bei einer 15:8-Führung mit der Begründung aufgab, eine dressierte Ratte lauere im Schatten des Pingpong-Tisches und habe wiederholt versucht, den Celluloidball wegzuschnappen. Kurz nach diesem Vorfall, über den die elektronischen Medien und alle regionalen wie überregionalen Zeitungen berichtet hatten, wurde er an einem stürmischen Morgen im September verhaftet und auf seinen Geisteszustand hin untersucht. Obwohl er alle Tests überraschend gut bestand, wurde er noch am selben Tag in die berühmte Nervenheilanstalt Main am Ontario gebracht, wo weitere ausgiebige Tests an ihm durchgeführt wurden. Plötzlich verweigerte er seine vorherige Bereitwilligkeit zu dem Unternehmen mit der Begründung, erst müsste der ganze Trakt des ersten Stockes des Gebäudes, in dem er untergebracht war, mit einer fünf Meter dicken Betonwand abgesichert werden, da tief unter dem Gebäude eine Killerfliege ihr Unwesen treibe, die es auf ihn, P. A. Macguirre jun., abgesehen habe. Fortan lief er mit einer selbst konstruierten, riesengroßen Fliegenklatsche durch das Gebäude und lehnte jegliche Zusammenarbeit mit dem Ärztestab ab. „Es wird noch Jahre dauern, bis Hoffnung besteht, den Mann gefügig zu machen", argwöhnte erst kürzlich ein bekannter Wissenschaftler. „Bis dahin wird er wohl dort verwahrt bleiben. Er wird inzwischen künst-

lich ernährt, weil er jegliche Nahrung verweigert aus Angst, die Killerfliege versuche, ihre Killerfliegeneier in seinen Kleindarm zu schleusen." Ein Sprecher des Krankenhauses meinte, der Mann sei nun wohl nicht mehr zu retten. Durch die vielen Artikel und TV-Berichte war das Volk aufgerüttelt und ergriff mit Vehemenz die Partei des Patienten. Es wurden Gruppen ausgemacht, die nachts randalierend mit riesigen Transparenten durch die Straßen zogen und grölend für Macguirre jun. demonstrierten. Ein Mittelschullehrer verletzte sich in der Nähe von Chicago schwer, als er mit seinem Zeigestock aus Pappelholz gegen die Wand schlug, bei der Beschreibung des Unrechts, das dem guten „P. A.", wie Macguirre jun. nur noch genannt wurde, angetan ward. Der Stock zerbrach und bohrte sich dem Lehrer ins Gedärm, woran er später verblutete. Die Menschen debattierten auf den Straßen, trugen T-Shirts mit Aufschriften, wie „P. A., Heil Dir" und Ähnliches. Als ein unbekannter Anarchist eine Bombe in eine brodelnde Menschenmenge warf und viele verletzt wurden, drohte ein Volksaufstand. Der Präsident verhängte den Ausnahmezustand, ließ alle Klöster und Synagogen schließen und verkünden, Macguirre sei ein Irrer, ein von Moskau und Peking zugleich gesteuerter Kommunist und er müsse nach einem gerechten Verfahren auf den elektrischen Stuhl. Danach drückte er in alkoholisiertem Zustand auf den Knopf und 15 Saturnraketen mit ihren tödlichen Inhalten verließen jaulend und fauchend die Silos in der Wüste von Nevada. So begann der dritte Weltkrieg.

Ich lernte frühzeitig schwimmen. Im Olympiastadion, wo ich einen Mitschüler mit Namen Kunz, der nicht schwimmen konnte, aus dem Wasser fischte. Ich ging daraufhin zum Bademeister und verlangte eine Rettungsmedaille, die ich aber nicht bekam. Später war Eishockey meine Leidenschaft, die mich manchen Vorderzahn kostete.

Als ich sechs Jahre alt war, begann der Krieg. Am Anfang großer Jubel, großer Trubel, allmählich verschwanden die kleinen schwarzen Gestalten von den Straßen Berlins. Doch keiner fragte warum. Es begann die Zeit der Marken, man kriegte Buttermarken, Puddingmarken, Brotmarken etc. Aber das Leben ging weiter und eine Nachricht nach der anderen über die Siege Adolf Hitlers zog durch die Rundfunksender des kleinen schwarzen Volksempfängers. Die ersten schweren Luftangriffe begannen so richtig am 1. März 1941. Es knallte und hagelte und brannte und Phosphor- und Brandbomben fielen und Häuser verschwanden und Menschen liefen wie brennende Fackeln über die Straße, und das alles sah ein Kind. Doch es verstand eigentlich gar nichts.

Mich interessierten die Nachtangriffe. Wir bauten uns einen kleinen Bunker im Garten und verbrachten dort die Nächte. Am nächsten Morgen rannten wir durch die Straßen, sammelten Splitter und tauschten diese. In der Schule gaben wir große Papierballen ab, die wir oben bei uns im Haus auf den Dachboden fanden. Ganze Jahrgänge des Simplizissimus haben wir abgeliefert und kriegten Punkte angeschrieben und waren stolz, wenn wir in der Schule einen Preis dafür bekamen. Es gab für Papier zwei Punkte das Kilo, ein Punkt für Eisen, Knochen fünf Punkte.

In der Schule ging es so einigermaßen. Ich kriegte einmal von meiner Deutschlehrerin Fräulein Wittig den Popo vollgeschlagen, das heißt, ich musste mir die Hose ausziehen und mit dem Stock wurde blindlings auf meinen Popo gedroschen. Ich werde diese Szene nie vergessen; ich möchte wissen, wie pervers Fräulein Wittig gewesen ist. Ich war kurz vor dem Sitzenbleiben, aber ich strengte mich an und ging erhobenen Hauptes wieder in die Schule.

Um die Ecke wohnten irgendwo Marlene Dietrich und General Schörner oder Speer und Dönitz, das waren unsere deutschen Nazigrößen. Dönitz war, glaube ich, Admiral oder so etwas, später für kurze Zeit Nachfolger von Adolf Hitler.

Und dann, hurra, kamen die Amerikaner. Ich war wegen der schlimmen Bombennächte in Berlin auf das Gut der Cramms geschickt worden, meine drei Geschwister und meine Mutter waren schon dort. Es begann die wüste Zeit auf dem Gut meiner Stiefgroßmutter. Bodenburg lag genau in der Einflugschneise der Amerikaner und Engländer nach Berlin. So flogen pausenlos Hunderte von amerikanischen Flugzeugen über uns hinweg und wir beteten, dass die schutzsuchenden deutschen Truppen in unserm Park nicht von den Amerikanern erspäht würden. Sonst hätte es wohl 'n bisschen mulmig werden können. Das Haus war vollgestopft mit Flüchtlingen, und da so eine Art Endzeitstimmung herrschte, taten Männchen und Weibchen, was sie brauchten. Wir Kinder klauten aus dem Hühnerstall Eier und tauschten die gegen Zigaretten und Schnaps ein, oder wir klauten Benzin, was ja überaus wertvoll war, und verkauften auch das für Schnaps und Zigaretten.

Mein Bruder Burghard drang, obwohl er damals schon einen großen Kopf hatte, in den Weinkeller ein (er passte gerade durch die Gitterstäbe) und wir tranken den ganzen, gut gefüllten Weinkeller leer. Die Erwachsenden sagten: „Ach Gott, was sind die Kinder lustig." Dabei waren wir einfach nur betrunken. Es war ein romantisches, gefährliches Leben. Wir klauten, was wir kriegen konnten. Wir klauten Gewehre, Handgranaten, Alkohol, Zigaretten.

Mein Vetter, der inzwischen auch aus Berlin gekommen war, verkleidete mich, ich war damals zwölf, als Mädchen mit einer blonden Perücke, ich sah 'n bisschen aus wie Marilyn Monroe und musste in den Park gehen und die Amerikaner um Zigaretten anbetteln. Das ging um ein Haar insofern in die Binsen, als ich auf dem Schoß eines Amerikaners sitzend merkte, wie seine Hand immer weiter zwischen meine Beine glitt. Ich riss mich in letzter Sekunde los und rannte auf den Stöckelschuhen meiner Mutter mit einem wogenden Busen aus Strümpfen davon. Der Mann hätte mich wahrscheinlich gelyncht, wenn er gemerkt hätte, dass er anstatt eines hübschen Mädchens einen unverschämten Jungen geküsst hatte und das noch mit Zunge.

Bei Dunkelheit zogen die deutschen Truppen ab und die Amis kamen. Aus Angst vor dem „Werwolf" kamen sie mit Gasmasken und gezogenen Gewehren in das kleine Örtchen Bodenburg und saßen auf ihren Panzern und rollten durch die Straßen. Ich trug meinen Fußball unter dem Arm, ich hatte Riesenschiss, aber irgendwie juckte es mich, und ich warf diesen Fußball, der mein einziges Eigentum war, mein Ein und Alles. Aber ich dachte, die Amis müssten irgendwie beruhigt werden, und ich habe also diesen Fußball genommen und habe ihn auf den ersten Panzer geworfen und dachte, der ist nun futsch. Nix, die Amis haben gelacht, haben mich einen Nazi geschimpft: „Du alter Naziboy!" Ich habe den Kopf geschüttelt und die Zunge rausgestreckt, und sie haben mir den Fußball wieder zurückgeworfen. So ging das von Panzer zu Panzer. Jeder Panzer hat mir den Ball wiedergegeben.

Ist das nicht wunderbar? Es waren nette Kerle und zu den Kindern waren sie (besonders die Schwarzen) ausgesprochen nett und haben uns Schokolade und Bonbons zugeworfen.

Die Deutschen fanden das alles nicht sehr komisch und haben immer nur von einer Kapitulation, von unserer Kapitulation gesprochen, statt zu sagen, das war unsere Befreiung! Zu der Zeit musste ich morgens um vier Uhr aufstehen, um den Fünfuhrzug nach Hildesheim zu schaffen, wo ich auf das Gymnasium Andreanum ging. Ich hatte einen Lateinlehrer, der morgens mit erhobener Faust in die Klasse kam statt mit 'nem Hitlergruß und der, weil ich nun zufälligerweise ein „von" in meinem Namen hatte, schrie: „Hau' ab nach Berlin und lass' dir 'ne Bombe auf'n Kopf fallen!" Und sage und schreibe drei Tage später ist ihm selber 'ne Bombe auf den Kopf gefallen. Damals wurde auch noch geschlagen, auf die Hände, mit dem Stock. Das war nicht sehr angenehm. Wir hatten einen Englischlehrer, den nannten wir nur Tommy. Wenn der einen Wutanfall kriegte, rief er: „Achtung!", dann wussten wir schon, was Sache war. Er nahm den Zeigestock und schmiss ihn über unsere Köpfe. Also, wenn wir die Köpfe nicht eingezogen hätten, hätten wir diesen Stock an den Kopf gekriegt. Er wurde dann zerschmettert, hinten an der Wand. Das waren Verrückte, die Lehrernazis.

Die Engländer griffen uns im Tiefflug an, wenn wir zu Fuß nach Hause gingen. Manchmal wurden wir mit einem Pferdewagen abgeholt. Da kamen die Tiefflieger und wir haben uns ganz schnell in den Graben geworfen und da hatte es schon gezischt. Nach jeder Bewegung haben sie geschossen. Also, dass ich noch lebe, ist schon ein Wunder. Später habe ich mich dann an Wunder gewöhnt, mehr oder weniger. Wenn ich morgens zur Schule fuhr, mit dem Zug, stand ich, wie gesagt, so um vier oder so was auf. Da haben wir immer „Beromünster" gehört und „Calais", das waren zwei Soldatensender und die brachten Jazz. So kam ich das erste Mal, außer über die Platten von meiner Mutter, mit Jazz in Berührung.

Seht ihn euch an ...

Da seht nur, er grübelt und murrt,
seine Augen sind unstet – welch ein Unglück.
Und doch haben wir ihn so gern.
Tagsüber ist ein Schaukeln um ihn,
dann ist er betrunken zumindest.
Alles nur, um uns wehzutun.

Er schlurft durch unsre Häuser,
ganz sein Onkel Paul,
der war ja leider auch etwas sonderbar.
Mein Gott, dass sich so etwas vererben kann.
Und alles haben wir ihm gegeben,
Güte, Zuwendung, die besten Schulen hat er besuchen dürfen,
wir ließen es bei ihm wirklich an nichts fehlen.
Das ist Undank, und wenn er seine Faulheit
durch die ewige Flucht in die Krankheit
und dergleichen zu verbergen sucht, so ist das durchschaut.

Wenn sein Vater noch lebte oder sein Großvater ...
Was haben diese Männer doch geleistet!
Man müsste ihm ihre Bilder vom Nachttisch nehmen.
Und dann noch diese verrückten Dinge in seinem Tagebuch,
da lässt er halbe Seiten aus
und überschlägt einmal sogar ein ganzes Jahr.

*Wenn die Leute hören würden,
was er über uns alle sagt,
wenn es wieder bei ihm losgeht,
wenn er seine Phase kriegt.
Faschisten und Nazis nennt er uns
in Bausch und Bogen,
und wir hätten
mit Massenmördern sympathisiert,
wir verbitten uns das!*

*Zwei seiner Onkel haben für ihr Vaterland
das Leben gelassen,
an der Kurischen Nehrung
von Bolschewisten erschossen,
auf freiem Feld.*

*Er lebt in einer Art Wahn,
der arme Junge,
und nächstes Jahr wird er 40.*

*Man stelle sich vor:
Nun will er mit unserem neuen
silberlackierten Diesel
einen seiner schlimmen Freunde besuchen,
Kai mit Namen,
so'n heruntergekommener Flüchtling,
'ne Art Morphinist –,
da kommt nichts Gutes bei raus!*

*Das schöne Auto,
auf das wir so lange gespart haben!*

*Ein schlimmes Ereignis ist, wenn man auf einem
Barhocker vergewaltigt wird, von einer hübschen
Blondine, und hinterher feststellt, dass der Mann
kahlköpfig ist und Familie im besten Sinne.*

Hamburg – Paris

*Und wenn dann das Flugzeug abhebt,
schaue ich in mein Whiskyglas und kann lächeln,
so unbeschwert und zufällig
wie die Wolkenfetzen draußen.*

Wenn ich das Wort Absinth denke
und ihn dann noch fühle,
ihn, der alles in einem Bild vereinigt,
dann ist jedes Gefühl von Hass weg.
Da ist dann diese herrlich gelbgrüne Farbe
und das Empfinden aufsteigender Euphorie,
Schwerelosigkeit zählt dann schon nicht mehr.

Einige Biere,
es ist noch Mittag,
die letzte Nacht hängt feucht in den Kleidern,
dann aus dem Flachmann den alten Chivas Regal,
herrlich, wie er füllt und beflügelt,
warm muss er sein,
langsam über die Zunge gleiten
und dann hinein in die lauernde Feindseligkeit.

*Wenn ich dann wie ein Kind
auf einem Papierflugzeug dahinsegele,
wird der Stoff in mir zu einem kubistischen Gewölbe,
einem fast heiligen, das sich ausdehnt,
die Farben verglast und wie hineingehaucht.*

*Und wenn die Maschine landet
ist sie ein Geschöpf geworden
und die Flasche leer.
Die Kerle werden durchsichtig,
an der Bar zwei Remy Martin,
drei American Martini –
und dem nächsten Zollbeamten
in die Fresse getreten.*

Welch Hochgefühl. Welch Leben.

Sankt Moritz um die Jahrhundertwende.

*In Sankt Moritz fällt kein Schnee
auf die leeren Pisten,
in der Nacht tut man sich weh.
Schmuck in Riesenkisten.*

*Kalte Spiele, Frostgefüge,
Ball und Bälle, Kerzenschein,
Neid und immer wieder Lüge,
bitter traurig muss das sein.*

Und der Schnee fällt nur daneben,

*nächtelang der Hahnenschrei,
körperhaftes Baucherleben –
eure Zeit ist längst vorbei.*

Vier Tage vor Kriegsende wurden Hildesheim und unser Andreanum dem Erdboden gleichgemacht. Zum Glück waren wir nicht da. Die Sirenen kündigten einen großen Angriff an.

Es wurde beschlossen – da wir nicht zu bändigen waren – auf jeden Fall mich als Ersten im Oktober 1945 auf das Landschulheim Holzminden zu schicken. Die erste Zeit war sehr schlimm für mich. Hatte wahnsinniges Heimweh und habe meiner Mutter gedroht, per Trampen wieder nach Hause zu kommen. Doch dann hatte ich mich an alles gewöhnt, und da dort viel Sport getrieben wurde, war ich schließlich ganz gerne da, zumal ich mich in ein Mädchen verliebt hatte, Marlies Günther, die eine Klasse über mir war, die aber am Anfang nichts von mir wissen wollte. Sodass ich allen Grund hatte, auf dem Internat zu bleiben. Irgendwann fragte mich mein Sportlehrer, was ich denn werden wollte. Er meinte: „Das Beste ist, du wirst Jurist."
Nun gut, ich ging nach Hamburg, um zu studieren. Daraus wurde aber nichts, denn ich kriegte von Continental ein Tennis-Stipendium. Ich war somit in Deutschland der erste Profi. Ich fuhr herum von Turnier zu Turnier. Meine Versagensangst war so groß, dass ich immer, wenn ich einen Matchball hatte, einen Doppelfehler produzierte. Ich spielte in Monte Carlo,

Vichy und Knocke, und drei Jahre lang für Deutschland. Ich spielte im Galea-Cup, das ist der kleine Davis-Cup für Junioren, gewann hier und da, aber verlor meistens. Die anderen waren meist stärker und viel besser ausgebildet. Der deutsche Tennisbund, wie alle deutschen Sportorgane – Totalversager. Das hat sich bis heute nicht geändert.

In Paris stieg ich aus dem Fenster mit zehn Mark in der Tasche, ging durch die Nacht, in der Hoffnung, ein Mädchen zu finden. Ich hatte bis dahin so ein richtiges Mädchen noch nicht gehabt. Es roch wunderbar nächtlich, es lag ein welkender Duft über dieser verführerischen Stadt. Ich ging in eine kleine Jazzbar, Vieux Colombier, und hörte zu meinem Entzücken Django Reinhardt, Sidney Bechet und Claude Luter. Die wollten mich erst nicht reinlassen, weil sie merkten, dass ich Deutscher war. Schließlich und endlich ließen sie mich rein. Eine Amerikanerin winkte mir zu und ich war zu schüchtern, um mit ihr zu tanzen. Das verfolgt mich noch heute. In London stieg ich abermals aus dem Fenster. Ich sollte dort in Wimbledon spielen, als Junior. Ging zum Piccadilly Circus, und eine wunderschöne Frau stand vor mir in einem leichten Mantel; ich starrte sie an und sie lächelte – ein bezauberndes Lächeln – und öffnete ihren Mantel und war darunter total nackt. Sie fragte mich: „Hey Boy, do you have a little time?" Sie ging eine ganze Weile vor mir her, drehte sich um und wollte mich mitnehmen, doch ich war zu schüchtern.

Leider hat mein Jugendfreund ein Buch geschrieben, das „Mein Leben unter braunen Clowns" heißt. Schon dieser Titel zeugt von einer derartigen Fahrlässigkeit im Denken, dass mir graut. Braune Clowns, nein, das waren Mördertiere, das waren Mördermaschinen, das war das Grausamste, was es auf der Welt je gegeben hat, und der sagt, mein Leben unter braunen Clowns. Es ist unfassbar und keiner hat sich aufgeregt darüber, nur ich. Habe ich einen Gerechtigkeitsfimmel oder was ist da los?

Eins meiner Bilder – ich male ja auch – heißt: „Wahrheit oder Wohlergehen", ein anderes: „Jede Berührung eine Verletzung". Gottfried spielte mit mir Tennis und erzählte mir, wenn ich morgens zu ihm ins Bett kroch, wunderschöne Geschichten. Das Ins-Bett-Kriechen hatte ich bei meiner Großmutter gelernt. Da durfte ich jeden Sonntag 'ne halbe Stunde bei ihr im Bett verbringen, wo sie mir mit ihren wunderschönen, langen, polierten Fingernägeln den Rücken kraulte. Bei Gottfried kam mir aber etwas komisch vor, kein Mensch hatte mich gewarnt. Er war nämlich bisexuell, aber es passierte gar nichts. Später lehnte ich eine nähere Beziehung ab.

Das Schloss war voll von Flüchtlingen, lauter Verwandte oder deren Freunde. In jedem Zimmer drei Leute, und das bei 56 Zimmern. Man kann sich vorstellen, was das für ein Gewühl war. Da gab es schwule Freunde meiner Onkel, da gab es die Freunde der schwulen Freunde, da gab es Grafen und Prinzen und Junge und

Alte, Schnelle und Unbewegliche. Es wurde gebetet am langen Tisch, am Sonntag wurde in die Kirche gegangen, ob gewollt oder nicht. Meine Stiefgroßmutter verlangte das. Manchmal hat sie sogar Geld ausgesetzt, damit man in die Kirche ging

Jörg, mein Vetter, machte eine Party nach der anderen. Er zog sich dann ein weißes Dinnerjacket an, er war damals ungefähr 17. Ich mimte als 12-Jähriger mit einer Zigarette im Mundwinkel den Barkeeper und war ständig besoffen. Mein Bruder Burghard hatte gleichzeitig mit mir das Lungenrauchen angefangen – da war er sieben und ich zehn Jahre alt.

Wir hatten immer irgendwelchen Alkohol, immer Partys und immer Mädchen, Mädchen, Mädchen. Er hatte was mit der Tochter des Tierarztes – Mariechen Grobe hieß die. Die beiden wurden erwischt, im Schrank meiner Stiefgroßmutter, der Baronin von Cramm, man muss sich das vorstellen, die macht den Schrank auf und Jörg und Mariechen stehen nackt darin. Jörgs Mutter war auch da mit ihrem Mann, dem Baron von Kottwitz. Der, weil er eine Kinderlähmung hatte, nicht eingezogen worden war und weiterhin in der Versicherungsmaklerei als Direktor oder als Chef arbeitete.

Im Wohnzimmer des Schlosses rauchte ich heimlich und unerlaubt meine Zigaretten und einmal fiel ein Sonnenstrahl in den Rauch hinein, es war ein wunderbares Bild, und da wusste ich, dass ich vielleicht Poet und Maler werden könnte. Dass ich das wirklich würde, habe ich nicht geahnt. In diesem Buch wird wahrscheinlich nicht so viel Poetisches zu finden sein –

aber ich habe auch Gedichte geschrieben und Kurzgeschichten.

Im Park stand ab und zu ein amerikanischer Jeep, der wurde von einem Offizier versteckt, der zu Gast bei meiner Mutter war. Sein Name war Jones, wie manche ihrer Freunde Jones hießen. Merkwürdigerweise entweder mit Nachnamen oder mit Vornamen. In diesen Jeep stieg ich mit einem Freund, und da lernte ich das Autofahren. Zuerst ruckelte das Ding, dann rumpelte es und dann plötzlich fuhr es los und wir rauschten durch den Park, wir fuhren durch die Bäche, wir fuhren durchs Gestrüpp und die Leute wunderten sich später: Nein, wie kommt es, dass hier so dicke Schneisen sind? Sind die Kühe wieder ausgebrochen? Nein, das waren wir mit dem Jeep.

Geklaut haben wir wie die Raben – entsetzlich. Jeder klaute, jeder kungelte. Es war der Wahnsinn, wir klauten Benzin, tauschten es in Alkohol um, Jörg erpresste uns, da mussten wir was abgeben. Sogenannter Wegezoll oder so was. Beinahe wäre ich erschossen worden, weil zwei russische Offiziere das Gut bewachen wollten; wir wären in der Kriegszeit so gut zu ihnen gewesen, als sie bei uns Arbeiter waren. Sie hatten was gehört und gingen mit gezogener Waffe durch den Park, um die Diebe zu erwischen und abzuknallen. Aber wir kannten den Park besser als diese Offiziere und entkamen.

Selbstmord hatte ich das erste Mal im Sinn, als ich mit elf meine erste Alkoholvergiftung hatte. Doch im Internat gab es auch Frauen, wunderhübsche junge Mädchen, und so habe ich den Schmerz bald überwinden können. Im Internat, geführt von Altnazis, getarnt als Anthroposophen, kein Wort über den Krieg, kein Wort über den Nationalsozialismus. Weder in Geschichtsstunden noch in Deutschstunden. Meine Fragen blieben unbeantwortet, und hätte ich meinen Sport nicht gehabt, ich wäre schon früh von der Schule geflogen. Ob meiner Aktivitäten mit den Mädchen oder meines heimlichen Rauchens wegen, was alles streng verboten war. Und meine Alkoholexzesse mit Freunden wie Georg Henneberg, Artur Bodenstedt und anderen. Wir lauschten vor den Konferenzsälen und hörten die Konferenzen ab und wussten genau, welcher Lehrer gegen wen war und wo wir geprüft werden würden. Manchmal kam Jörg und brachte mir kleine Flaschen Schnaps mit, die er geklaut hatte, auf dem Nachbargut, wo Schnaps gebrannt wurde (es gehörte Erne von Cramm). Er schickte uns auch Cartoons. Jede Woche einen Cartoon, und wir waren begeistert über seine Cartoons, die ganze Schule sah sie an. Es zeichnete sich schon damals ab, wie begabt er war.

Kurz vor dem Abitur zog die ganze Ober- und Unterprima in den Wald, mit einem gestohlenen Trecker. Wir schwänzten einfach die Schule, weil wir uns sagten, sie können uns nicht alle der Schule verweisen. Das hätte ein zu schlechtes Licht auf das Internat geworfen. Es passierte auch gar nichts.

In einer Nacht entführten wir unseren Direktor Dr. Rieche, fesselten ihn – und er war für einige Zeit verschwunden. Doch er kam wohlbehalten zurück, und wir hatten unser Vergnügen. Die Lehrer waren danach etwas ängstlich und ließen uns unbeschadet durchs

Abitur. Wenn man mich in allen Fächern geprüft hätte, ich wäre krachend durchgefallen. Aber sie waren froh, dass wir die Schule verließen, denn wir hatten einen allgemein schlechten Einfluss auf die anderen Schüler. So endete meine Landschulheimzeit. Abends traf man sich zum Beispiel oben unterm Dach im Mittelhaus, und die sich ausziehenden Mädchen wurden mit Feldstechern beäugt und es wurde an den Hosenställen gefummelt.

Gottfried von Cramm traf in Wimbledon 1951 Barbara Hutton, seine spätere Frau. Ich sollte mit ihr Tee trinken, ich war zu schüchtern und habe mich nicht an ihren Tisch gesetzt. Später wurde sie eine große Freundin von mir. Gottfried verlor damals gegen Drobny in der ersten Runde. Gottfried verlor in drei Sätzen, aber es waren sehr harte Sätze. Er spielte dann mit Buchholz Doppel auf dem Center Court gegen Candy/Rose, zwei Australier. Es war das erste Mal nach dem Kriege, dass Deutsche wieder nach London kamen, nach Wimbledon eingeladen wurden, und was passiert? Buchholz, dieser Riesenkerl, schlägt auf und zertrümmert das Netz in Wimbledon. Das erste Mal, dass in Wimbledon ein Netz zertrümmert wurde, und das auch noch von einem Deutschen nach dem Krieg. Sie waren not amused, in der Zeitung war zu lesen: „Die Deutschen sind wieder da und zertrümmern unser heiliges Netz in Wimbledon!" Nicht Bumbum-Becker war's, sondern Horst Buchholz aus Köln am Rhein.

Mein Studium war kein Studium. Ich spielte nur Tennis und trieb mich auf der Reeperbahn herum. Lernte eine neun Jahre ältere Frau kennen und zog zu ihr. Es war das erste Mal, dass ich so etwas wie eine Mutter hatte. Sie kochte, wir fuhren auf meiner Vespa durch die Gegend und ich hatte immer ein schlechtes Gewissen, wenn ich in die Nähe der Universität kam. Es roch da so nach Arbeit und Schweiß und nach ungesättigter Liebe.

Ich hatte zwei Hunde, zwei Cockerspaniel, einen roten mit Namen Hanky und einen schwarzen mit Namen Panky. Ich bekam sie, als sie vier Wochen alt waren, und sie gingen bei Grün bei Fuß über die Straße. Hanky – über den werde ich noch erzählen, denn der blieb übrig – versuchte zu sprechen, was aber doch nicht gelang.

Der erste Mann dieser Frau, mit der ich zusammen war, war Caretaker, er passte auf die Villen der Engländer auf. Er hatte den ganzen Krieg als Pilot zugebracht, war durchgekommen, hatte sein Ritterkreuz. Ich wollte, wie er auch, Kapitän bei der Lufthansa werden. Man wies ihn ab mit dem Hinweis, er habe einen Herzfehler. Er war ein typischer deutscher Offizier, aber sehr viel lässiger, als man sich deutsche Offiziere vorstellt. Er hatte jenen Todesblick, den die Frauen so lieben. Die Frauen, die Flugzeugführer lieben, Matadore und Rennfahrer. Er brach bei der zuständigen Stelle ein, fälschte seine Akte und wurde später einer der bekanntesten deutschen Testpiloten bei der Lufthansa, Hans Zimmermann war sein Name. Viele Jahre später machte er ein Looping über Nürnberg und seine Maschine explodierte in 10.000 Meter Höhe.

Er hatte Gituchna in Polen kennengelernt, als sie siebzehn war und in einem kleinen Schloss lebte. Als die Russen kamen, packte er sie, das Gold und Silber und die Teppiche ein, verfrachtete diese, samt Gituchna„ die er vorher in Warschau geheiratet hatte, in sein Flugzeug, startete und flog mit ihr Einsätze über Prag. Es war so eng, dass sie wimmernd neben ihm stand; er knurrte nur: „Shut up!" Er landete in Prag, kam als Letzter noch raus, musste notlanden und wurde von dem berühmten General Schörner wenig später, als er tanken wollte, aus der Maschine geholt. Alles war weg, er wurde in einen Jeep gesetzt und dann kamen die Russen.

Er konnte entkommen, mit seiner Besatzung und seiner Frau: Sie nähte kleine polnische Abzeichen an die Sachen und sie schlugen sich durch. Gituchna sprach Polnisch, ein deutscher Offizier stahl ihnen die Papiere und Hans Zimmermann erschoss den Mann später.

Er war ein ganz toller Typ, aber ein bisschen gefährlich. Er „gründete" nach dem Krieg in Hamburg eine zwanzigköpfige englische Abteilung, da er einen Fehler in der Verbindung zwischen englischen Ämtern und deutschen Ämtern festgestellt hatte. „Gründete" also diese englische Crew, die gar nicht existierte, aber er schrieb die Namen und die Geburtsorte in die Papiere und holte sich dadurch Lebensmittelkarten, die es ja nach dem Krieg gab. Er wäre beinahe aufgeflogen, aber er hat es geschafft; nach drei Jahren meldete er die

Einheit ordnungsgemäß wieder ab, weil er das Gefühl hatte, nun sei es genug. So kam er mit seiner Frau Gituchna (die sich dann aber von ihm scheiden ließ und später mich heiratete) zu einer ganzen Menge Geld, denn er konnte die Marken gut verkaufen. Beinahe wäre er entdeckt worden, weil er so gerne Pudding aß. Er hatte alle Puddingmarken unter dem Teppich versteckt, es kam eine Streife – aber die fanden diese Marken nicht.

Gottfried von Cramm hatte noch sechs Brüder, zwei davon starben im Krieg, unter anderem mein Stiefvater; die anderen lebten auf Schlössern. Derer von Cramm hatten damals fünf. Vorher gehörte meiner Stiefgroßmutter, also der Mutter von Gottfried, halb Niedersachsen; sie machte 1917 den Fehler und stiftete dem Staat, ich glaube: drei Millionen Goldmark, das war ziemlich viel Geld und da haben sie viele ihrer Schlösser verkaufen müssen, aber fünf blieben noch übrig.

In Hamburg mit Gituchna hätte es eine wunderbare Zeit sein können, wenn wir nicht ständig Geldsorgen gehabt hätten. Manchmal wurde ich von einem der Cramms zum Essen eingeladen in die Vier Jahreszeiten oder ins Atlantik, und das Essen kostete so viel, wie ich in drei Monaten an Studiengeld bekam. Ich kriegte 250 Mark, musste davon meine Bücher bezahlen, meine Universität, meine Vespa, meine Kleidung, musste ein paar Rosen kaufen für Gituchna. Heute schüttle ich nur noch den Kopf. Von meiner Morgen-Familie hörte ich nichts, erfuhr später, dass bis zum Jahre 1952 oder '54 jedes Jahr ein Von-Morgen-Gedächtnisrennen abgehalten wurde und meine Onkel den Preis überreichten, an Fangio, Moss etc. Mich hat niemand davon unterrichtet, aber mir hätte es gebührt, die Preise zu überreichen. Nun, vielleicht ist es gut, ich wäre möglicherweise Rennfahrer geworden. Immer wenn ich fuhr, und ich fuhr später mit einem ganz alten klapprigen Volkswagen, fuhr ich wie der Teufel. Ich fuhr in die Nacht mit der Vorstellung, ich führe gegen meinen Vater. Ich fuhr auf zwei Rädern; wenn's gegangen wäre, wäre ich auf einem gefahren. War das Todessehnsucht? Vielleicht.

Ich lernte einen Mann durchs Tennis kennen, einen Herrn Seelmann. Der hatte eine Luftbild GmbH, das heißt, er hatte die Erlaubnis von den Engländern, im Tiefflug Häuser und Industrieanlagen zu fotografieren. Ich machte den Pilotenschein und flog als Flugzeugführer eine Piper, vorher eine Cessna. Ich war damals 22 und wollte unbedingt zur Lufthansa. Nicht nur, weil ich das Fliegen faszinierend fand, sondern weil ich die Vorstellung hatte, man könne dann sämtliche deutsche wie ausländische Stewardessen ins Bett kriegen. Nun begann meine Zeit des Fliegens.

Mein Studium hatte ich vorerst ad acta gelegt. Jura ist eine hochinteressante Angelegenheit, ähnlich dem Schach, das ich so liebe. Nur, Recht sprechen oder Menschen verteidigen, die unter Umständen etwas auf dem Kerbholz hatten, oder Fehler zu machen und andere dadurch gefährden, das war mir unmöglich – dann lieber fliegen. Ich machte meinen Flugschein im „Hungrigen Wolf – Itzehoe" und es war natürlich eine herrliche Erfahrung, diese dritte Dimension. Wenn man hineinsticht in die Wolken mit diesen kleinen Flugzeugen und dann die Orientierung in der Wolke verliert und wie ein Schneeball herauspurzelt und die Maschine wieder abfängt.

Tiefflugerlaubnis bedeutete, ich konnte unter Drähten durchfliegen, durch Tunnels, ich konnte in Bayern die Leute auf den Feldern jagen, ich konnte die Schlösser der Cramms angreifen im Tiefflug, ich machte von allem Fotos. Wir flogen zu zweit, der eine flog, der andere fotografierte. Es war eine wunderbare Zeit.

Die dritte Dimension später habe ich nur noch einmal erlebt, beim Tauchen. Alles ist so klein, so unsagbar klein unten, so unwichtig wird alles.

Ich spielte weiterhin Tennis, gewann ein paar Mal die Hamburger Meisterschaften, im Doppel war ich gut. Da konnte ich mich auf jemanden verlassen. Im Einzel war ich unsicher, ich gewann die deutsche Studentenmeisterschaft, und ich flog. Ich flog manchmal fünf bis sechs Stunden, wir hatten Extratanks, damit wir länger in der Luft bleiben konnten. Es war anstrengend und sehr gefährlich; man musste damals mit der Piper slippen, um noch langsamer zu werden für die Fotografiererei. Man musste also die Maschine querstellen in der Luft, damit man durch den größeren Luftwiderstand langsamer wurde. Denn bei geringerer Geschwindigkeit konnte man besser fotografieren. Man musste zum Beispiel in Dörfern die Häuserzeilen abfliegen und höllisch aufpassen, dass man nicht mit dem Kirchturm kollidierte. So haben wir fast ganz Deutschland, alle Bauernhöfe und so was geknipst – und Seelmann wurde reich. So ein Foto wurde dann vergrößert, koloriert, das machte ich dann auch noch mit meiner Frau, um etwas dazuzuverdienen, und dann wurden sie verkauft, für 100, 150 Mark. Das Ganze hat den Seelmann pro Bild 5 Mark gekostet. Sie können sich vorstellen, wie reich der Mann geworden ist. Ich kriegte für meine lebensgefährliche Tätigkeit 400 DM im Monat.

Gottfried von Cramm heiratete Barbara Woolworth-Hutton, Erbin und eine der tollsten Frauen, die ich je kennengelernt habe. Das, was über sie geschrieben wurde und gesagt wurde und gefilmt wurde, ist alles dummes Zeug. Sie war eine wunderbare Frau, eine wunderschöne Frau, wunderbar gewachsen, hatte einen großartigen Geschmack, sprach mehrere Sprachen und schrieb herrliche Gedichte. Doch sie wurde ausgenommen. Das ist so mit dem Reichtum. Man neidete ihn ihr und sie konnte sich auf niemanden verlassen. Sie suchte nach einem Mann, der sie beschützte. Nach diesen vielen Männern, die sie gehabt hatte, kam sie nun auf Gottfried, den sie schon als junges Mädchen kennen- und auch lieben gelernt hatte (denn Gottfrieds Homosexualität war am Anfang eine Bisexualität gewesen). Ja, sie heiratete ihn in Paris.

Ich lernte sie in Bodenburg kennen, wo sie zu Besuch war. Meine sehr verehrte Großmutter von Cramm, sehr religiös, befreundet mit vielen Bischöfen und Prälaten, zog aus ihrer Suite aus, um sie der vielfachen Millionärin Barbara zu überlassen, die noch dazu die Kirchturmglocke von Bodenburg gespendet hatte. Die Dächer wurden gedeckt, für Barbara von Barbara, so lernte ich sie kennen. Wir sahen uns an, ein einziger Blick – sie hatte wunderschöne Augen – und wie ein Blitz fuhr sie in mein Herz.

Barbara

Wir waren vereint in unserer Angst vor den Menschen,
Du wolltest mir gefallen und für die Lidschatten
nahmst Du Asche.
Ein Turm zu Babel hat uns getrennt,
das Alter nicht.

Barbara und ich verbrachten einige Nächte miteinander, aber wir gingen nicht zusammen ins Bett. Wir tranken und sie sprach, und ich konnte sie hören, aber nicht verstehen, denn mein Englisch war zu schlecht. Sie trank sehr viel, ich trank sehr viel, die Leute verdünnten den Cognac, weil sie sagten, sie wollten noch länger etwas von ihr haben. Sie servierten dieser Frau, die so viel Stil hatte, den Cognac in Weingläsern und dachten, sie würde es nicht merken.

Sie trug Schmuck von Katharina der Großen und von Marie Antoinette. Ihre wunderschönen Hände hatte sie nur mit einem gelblichen Brillanten geschmückt.

Beim Abschied fuhr man sie nach Göttingen, von wo aus sie in einem Schlafwagen, zusammen mit Gottfried, nach Paris zurückfuhr. Sie bestand darauf, dass ich neben ihr saß, sie hielt meine Hand und ich die ihre und wir trennten uns mit langen traurigen Blicken. Ich fuhr nach Hamburg, um mein Studium wieder aufzunehmen und um zu heiraten. Ich wusste, dass es falsch war, doch ich hatte nun mal Ja gesagt.

Etwas zum Adel, dem ich ja mehr oder weniger angehöre und der mit einer großen internationalen Familie zu vergleichen ist.

Gewiss, der Adel hat viel Gutes bewirkt, Kultur, Religion, die Sitten gefördert, und es kann eine Freude sein, sich unter Gleichen heute noch kultiviert höflich und gesittet zu unterhalten, wobei, wer nicht dazugehört, der kriegt das sehr schnell mit. Es ist eine gewisse verschlüsselte Sprache, mit Redewendungen, die der nicht Eingeweihte nicht verstehen kann und soll. Die Leute kleiden sich auf spezielle Weise, bewegen sich anders als der Bürgerliche, essen anders und sprechen gewöhnlich über andere Dinge als der, der diesem Clan trotz größtem Bemühen nicht angehört. Selbst da hineinzuheiraten ist schwer, ohne sich hier und da nicht total lächerlich zu machen, wenn er sich immer wieder gegen den Code verhält.

Das alles ist die eine Seite der Medaille, die andere: Viele dieser Herrschaften führen sich heute noch wie kleine Hoheiten auf, behandeln ihre Angestellten dünkelhaft von oben herab, tragen ihren Titel als unsichtbare Krone auf dem schütteren Haar, lassen sich heute noch von ihren Kindern die Hand küssen, tragen Orden aus den verlorenen Kriegen und machen es mir schwer, Onkel zu ihnen zu sagen, ja, stoßen allgemein durch ihr snobistisches Benehmen ab. Dabei sollten sie immer auch gegenwärtig sein, wie sie zu ihrem Reichtum, ihren Ländereien und Schlössern gekommen sind, nämlich meistens durch Raub, Mord, Diebstahl, Totschlag und Erpressung.

Im Krieg sammelten Jörg und ich Wiking-Schiffsmodelle. Anhand dieser Modelle konnten wir feststellen, dass die deutschen Sondermeldungen über die Großtaten, die übers Radio kamen, nicht immer stimmten: Wenn ein englisches Schiff oder ein amerikanisches Schiff versenkt wurde, machten wir ein Kreuz an unser Modell und wussten, dass dieses Schiff nun weg war. Und dann merkten wir allmählich, dass die Schiffe zweimal versenkt wurden. Das hat keiner gemerkt, aber wir haben es gewusst, weil wir unsere Schiffe ja kannten – und die wurden zweimal versenkt: Also war die Meldung falsch.

Noch ein Wort zu den Nazis, den deutschen, die heute wieder durch die Medien geistern, den sogenannten Neonazis. Ich meine, was in den ganzen Diskussionen nicht erwähnt wird, ist, dass Deutschland niemals wirklich entnazifiziert worden ist! Es ist kein einziger Richter, mag er noch so schreckliche Urteile gefällt haben, im Nachkriegsdeutschland verurteilt worden. Sie alle haben ihre Richtertätigkeiten nach dem Krieg weitergeführt, und die dicksten Pensionen für ihre Nazitätigkeit kassierten ihre Witwen. Besonders denke ich da an die Witwe von Blutrichter Freißler. Die Nazis sind niemals richtig bestraft worden. Die Mehrheit des deutschen Volkes, 50 Prozent oder noch mehr, hatten Hitler schließlich und leider demokratisch gewählt. All diese Nazis haben ihren Kindern diese Hitler-Ideologie weitergegeben, und ich meine heute, in Umfragen sagen die Leute natürlich: „Ja, wir mögen die Ausländer", weil sie wissen, sie würden sonst einen Stempel bekommen. Aber im Grunde sind 50 Prozent der Deutschen der Meinung, Ausländer raus, sie nehmen uns die Arbeit weg, sie kosten uns Geld; auch die Wirtschaftshilfe in andere Länder wird nicht gern gesehen. Das Nazigut ist weiter unter uns, und zwar beträchtlich, und darüber wird nicht gesprochen. Vielleicht ist es ein biologisches Problem. Zum Beispiel hätte die CDU nach dem Krieg die Wahl ohne die Nazistimmen niemals gewinnen können und deshalb haben sie auch nicht darauf gedrungen, die Nazis in eine Ecke zu stellen. Ja, in der Regierung von Adenauer saßen dicke Nazis. Ich erinnere nur an Globke, der die Nürnberger Gesetze verfasst hatte. Ein einziges Beispiel, ich war damals sehr jung, ich weiß nicht mehr alles genau, aber dass dann die Nazis weiterhin unter uns waren und ihre Kinder es heute noch sind, das ist doch klar. Wenn ich in einer Familie groß werde, die Nazi-Gedankengut vermittelt und die arische Rasse preist und die Juden und die Schwarzen und die Ausländer hasst, ja, dass die Kinder das aufschnappen und weiterführen, das ist doch ganz klar. Also mit anderen Worten, die Nazis sind weiterhin unter uns.

Ausnahmen gab es natürlich. Ich denke da an Axel von dem Busche, der Hitler in die Luft sprengen wollte, Graf Stauffenberg etc. Sie wurden noch lange nach dem Krieg als Vaterlandsverräter angeprangert, weil sie versucht hatten, mit vollem Risiko, Hitler zu beseitigen.

Man bedenke, ich bin 1945 in ein Internat gekommen, ich war dort bis 1952. In diesem Jahr machte ich mein Abitur. Ich habe in diesen sieben Jahren nicht einen einzigen Satz über den Nationalsozialismus gehört. Und warum? Weil die Lehrer alte Nazis waren. Und das war nicht nur auf meiner Schule so, das war in allen Schulen so.

Ich weiß, das Gegenargument heißt: Hätten wir sie alle entnazifiziert, hätten wir ihnen alle Berufe weggenommen, dann hätte es keine Lehrer und keine Richter mehr gegeben. Das Risiko hätte man eben eingehen müssen. Dann hätte man Ausländer nehmen müssen, lieber die Schulen schließen, als Nazis unterrichten zu lassen. Lieber die Gerichte schließen, als Blutrichter richten zu lassen. Einer dieser Blutrichter war der Ministerpräsident von Baden-Württemberg, Filbinger, der überall Reden hielt, der beklatscht wurde von den Deutschen. Ein alter Nazi, der kurz vor dem Kriegsende 17-jährige Leute erschießen ließ wegen Fahnenflucht – und dann hat er sich nicht mehr daran erinnert, bis der großartige Schriftsteller Rolf Hochhuth ihm das

Urteil für Urteil nachgewiesen hat. Filbinger musste zurücktreten, aber eigentlich waren alle dagegen.

Wie haben sich denn die katholische und die protestantische Kirche bei den Nazis aufgeführt, wie haben die sich denn benommen? Derselbe Hochhuth, den ich eben erwähnte, hat ein Theaterstück geschrieben, „Der Stellvertreter". Darin geht es um das Konkordat zwischen dem Papst und Hitler. Das ganze Volk hat „Mein Kampf" im Bücherschrank stehen gehabt und hat es für gut befunden. Man kann mir doch nicht sagen, dass die Deutschen dieses Buch nicht gelesen hätten. Heute geht die Saga, die Deutschen hätten „Mein Kampf" nicht gelesen – das gibt es doch gar nicht. Deutsche, die so stolz sind auf ihre Dichter und Denker und noch stolzer auf ihren Führer waren, damals haben doch alle das Buch gelesen. Da stand drin, dass er die Juden hasst, dass man sie eliminieren muss. Das stand doch alles drin, nein, nein, nein. Die Debatte wird vollkommen falsch geführt, ich sage Ihnen, mehr als 50 Prozent der Deutschen sind heute noch im tiefsten Inneren Antisemiten. Sie wagen es nur nicht zu sagen.

Und wenn man unseren Politikern aufs Maul schaut, dann sieht man doch, dass sie verdeckt noch immer die Volksmeinung „Ausländer raus" etc. vertreten. Man denke an Wulffs Aussage „Der Islam gehört zu Deutschland" und die Reaktionen darauf.
Oder man denke an den blamablen Auftritt von Kohl in Israel, als er sagte, er hätte die Gnade der spä-

ten Geburt. Gerade in Israel! Damit wollte er sagen, dass er die Sache nicht miterlebt hat und die Sache damit für ihn erledigt sei. Von Aufarbeitung kann da keine Rede sein. Man denke an Kohl, nicht wahr. Man muss sich das einmal vorstellen. Er hat bei einer Rede im Bundestag, als Gorbatschow noch Ministerpräsident war in Russland, also über den mächtigsten Mann der Welt neben dem amerikanischen Präsidenten, über den sagte dieser Kohl öffentlich in die Kameras, Gorbatschow sei nichts anderes als ein neuer Goebbels. Man stelle sich das einmal vor! Das sind (leider) keine Sprüche, ich habe diese Ungeheuerlichkeit selbst im Fernsehen gehört.

Frieda Nieders, meine Großmutter mütterlicherseits, bei der ich aufgewachsen war, starb in Wiesbaden an Krebs. Sie wollte auf keinen Fall verbrannt werden. Zur gleichen Zeit brachte sich der älteste Bruder Gottfried von Cramms um, er erhängte sich mit einer Pistole in der Hand, auf dem Tisch stand noch Gift. Dieser nun wollte unbedingt verbrannt werden und auf keinen Fall in die Ahnengruft. Denn auf dem Nachbargut in Brüggen an der Leine gab es eine riesige Ahnengruft mit lauter Zinksärgen. Nun kam es, dass meine Stiefgroßtante Gräfin Hardenberg (die Schwester von Baronin Jutta, der Mutter von Gottfried von Cramm) starb. Man brachte sie in die Ahnengruft, die etwa 100 Meter entfernt von dem Schloss war. Wir saßen beim Essen, worauf jener Onkel, der London und Coventry bombardiert hatte, plötzlich die Nase hob (er hatte eine unheimlich feine Nase!) und sagte: „Ich glaube, es riecht nach Tante Gisa." Die Gräfin Hardenberg hieß Gisela und wurde in der Familie Gisa genannt. Alle lachten, er hob nach einer halben Stunde wieder die Nase und wiederholte: „Es riecht nach Tante Gisa." Es wurde uns allmählich unheimlich, weil in den Cramm'schen Schlössern es auch des Öfteren spukte. Wir machten uns also nach dem Essen auf und gingen in diese Gruft. Und was soll ich Ihnen sagen: Der Sarg von Tante Gisa war aufgeplatzt, und es stank entsetzlich - sie war eine sehr essfreudige Frau gewesen und reichlich dick. Nun hatte sie schon einige Zeit in einem Zinksarg gelegen und der war durch die Gase aufgeplatzt. Ich mochte Tante Gisa, denn sie spielte sehr gut linkshändig Pingpong mit mir als Kind.

Ein paar Tage später war meine Großmutter gestorben und sollte in Bodenburg in einer Urne versenkt werden, obwohl sie unbedingt in Berlin begraben und auf keinen Fall hatte verbrannt werden wollen. Doch sie wurde verbrannt und sie kam nach Bodenburg, wir saßen wieder beim Essen und jener Onkel mit der Nase und dem Bombergesicht fragte in so eine gewisse Stille hinein, die es ja immer beim Essen gibt: „Ratet mal, wer gerade mit der Eisenbahn gekommen ist?" Nun waren viele Leute zur Beerdigung gekommen und alle rätselten, wer da nun gekommen wäre als neuer Gast. Nach einer Weile sagte er: „Es ist gekommen: Omi in der Urne."

Übrigens wurde Aschwin Cramm aus Brüggen, trotz seines Wunsches, im Park begraben zu werden, in einem Bleisarg in die Gruft gelegt, später wurde er von seinem Sohn allerdings umgebettet. Auf meine Frage an meine religiöse Großmutter, warum man denn seinem Wunsch nicht entsprochen hätte, sagte sie: „Er hat uns einen Streich gespielt und nun spielen wir ihm einen Streich."

Nach dem Krieg hatte ich einige Prügeleien mit Offizieren der deutschen Wehrmacht, als ich sagte, Hitler sei ein Schwein gewesen und der 20. Juli, an dem einige Aristokraten, aber auch Kommunisten und Sozialisten gestorben sind, seien Helden gewesen. Das gab Prügeleien, Ohrfeigen, Verletzungen, Beleidigungen nach dem Krieg. Besonders gegen Ende des Krieges war es ausgesprochen gefährlich, die ausländischen Sender zu hören, BBC usw. Meine Großmutter hörte mit Leidenschaft die ausländischen Sender, und deren Erkennungsmelodie war eine bestimmte Tonfolge aus der Neunten von Beethoven, so: tam-tam-tam-tam. Da sie etwas schwerhörig war, dröhnten diese Töne durch das Schloss, dass die Wände wackelten – und das war lebensgefährlich. Wenn das einer gehört hätte von den Nazis draußen im Dorf, wir hätten alle ins KZ kommen können.

Eines Tages – am 20. Juli 1944 – kam die Nachricht durchs Radio, dass auf Hitler ein Attentat verübt worden wäre und man nicht wisse, ob er tot sei oder nicht. Wir hofften natürlich, dass tot, wir saßen am Tisch und meine Mutter rief, als die Nachricht kam, dass er lebte: „Oh Gott, dieses Schwein lebt noch." In dem Moment ging die Tür auf und ein hoher deutscher Luftwaffenoffizier kam rein, aber zum Glück hatte er das nicht gehört. – Vielleicht hat er es auch nicht hören wollen.

Als ich für Deutschland Tennis spielte im Galea-Cup, traf ich auf Madame Galea, die Frau des Stifters dieses Cups. Da waren nun all die späteren großen Tennisspieler, Franzosen, Italiener, Spanier, die Deutschen, Belgier und Schweizer usw. Wir hatten eine Zusammenkunft, alle saßen um den großen Tisch. Madame Galea thronte über allem und hatte ein großes Buch, in das sich jeder einschreiben musste. Darunter waren Leute wie Santana, Orantes und Sergio Tacchini, gegen den ich in Vichy gespielt habe. Das ist, glaube ich, der Mann, der heute dieser Sportbekleidungshersteller ist. Nun also sollten wir uns alle einschreiben. Und da ich schon damals ein Rebell war, machte ich als Einziger drei Kreuze anstatt meines Namens.

In Hamburg sah ich manchmal meinen Vetter Jörg, mit dem ich ja groß geworden bin, den ich verehrte, der wie ein Vater für mich war, obwohl er nur fünf Jahre älter war. Er hatte eine Jazzband, und jeden Freitag spielte er. Um acht ging das los, um halb sieben hatte ich Englischunterricht, davor trank ich eine halbe Flasche Whisky oder Gin. Im Englischunterricht lallte ich eine Stunde Englisch daher. Fuhr dann mit meiner Vespa im Zickzack zum Jazz. Da spielten sie. Mein

Vetter spielte Trompete, und da er nicht so gut spielte, sagte er immer, er imitiere Bunk Johnson. Bunk Johnson war ein ganz alter Trompeter, den man aus den Cottonfeldern geholt hatte – ein französischer Reporter hatte sich an ihn erinnert und sich auf die Suche gemacht, in Amerika. Er fand ihn! Aber Bunk Johnson hatte kein Gebiss mehr. Dieser französische Reporter kaufte ein Gebiss für Bunk Johnson, und seitdem gab es wieder Aufnahmen mit ihm. Aber er spielte eben wie ein 80-Jähriger und mit seinem schlecht sitzenden Gebiss. Und da mein Vetter Jörg auch ziemlich schlecht spielte, meinte er, er imitiere Bunk Johnson.

Er ging dann zum „Stern", einer deutschen Illustrierten, die keine besonders gute Reputation hat; er verbrachte vierzig Jahre hinterm Schreibtisch und malte Strichmännchen – Cartoons. Sein Künstlername war Markus. Er war belesen, sehr musikalisch, spielte später Saxofon, wie ich schon sagte, hatte sehr viel Ahnung von klassischer Musik, nur hat er die Moderne nie gemocht, weder in der Musik noch in der Malerei. Das ging bis zu Brahms. Hindemith hat er schon nicht mehr verstanden und die ganzen modernen Maler auch nicht.

Der Kontakt riss dann ab, und am Ende seiner Karriere meinte er, nun Schriftsteller werden zu müssen. Er schrieb ein Buch mit dem Titel „Mein Leben unter braunen Clowns". Wie kann ein intelligenter Mensch die Nazis, diese Mördertiere, diese grausigen Gestalten, mit Clowns vergleichen? Es ist mir unbegreiflich. Ich muss gestehen, er ist der einzige Mensch, mit dem ich nicht mehr reden möchte. In seinem Buch schreibt er über meine Mutter nur Schlimmes, er stellt sie dar als Soldatenhure. Er nennt die Namen der Offiziere, mit denen meine Mutter ein Verhältnis hatte, mit Uhrzeit und Treffpunkt, wo sie diese Menschen getroffen hat. Ich meine, wenn ein Autor biografisch schreibt, dann sollte er aber auch die positiven Dinge nicht verschweigen. Die müssten dann auch erwähnt werden. Ich habe ihm das geschrieben, und wie ich gehört habe, hat er es nicht verstanden.

Er meinte zu der ganzen Angelegenheit, es gebe Menschen in der Familie, die hätten keinen Humor, oh armer Jörg. Er hatte sogar die Frechheit, meine Großmutter zu beleidigen, die Schlossherrin auf Bodenburg, bei der er eingeladen war, zum Schutze vor den Nazibomben in Berlin. Er beschrieb sie in seinen Erinnerungen: Sie hätte ein Aussehen wie eine Moorleiche aus dem 16. Jahrhundert. Ich meine, das ist gar nicht komisch. Sie war eine großartige Frau, stark und mutig, obwohl sie das Parteiabzeichen trug. Unsere Großmutter mütterlicherseits bezeichnete er als eiskalt und dumm. Ich frage mich, wie kommt ein Mensch dazu, so etwas zu schreiben. Meinen Stiefonkel, Baron Kottwitz, der in der Versicherungsbranche einen Namen hatte, bezeichnete er, glaube ich, als verkappten javanischen Opiumhändler oder so was Ähnliches. Ich meine, was soll das?

Dieser Stiefvater hatte ihm geholfen, wo er konnte! Wie kann man nur so undankbar sein? Wenn ich schon bei diesem Stiefonkel bin, möchte ich erwähnen, dass ich in meiner Verzweiflung über meine Fehlleistung beim Jurastudium in seine Firma eintrat. Das war die Firma „Jauch und Hübner", es handelte sich um eine Versicherungsmaklerei. Da saß ich nun unter 40 Leuten, alle rauchten. Eine geile pockennarbige Sekretärin saß mir gegenüber und starrte mich pausenlos an. Ein Mann neben mir versuchte, mir die Geheimnisse der Versicherung von Schiffen beizubringen. Das Einzige, was ich lernte, war, eine Reißzwecke zwischen Finger, Daumen und Zeigefinger so zu drehen, dass sie eine Minute lang auf dem Tisch tanzen konnte.

Ich habe dort Schiffe versichert. Aber ich kam mit den Blaupausen nicht zurecht. Alles war blau an mir, mein Gesicht und meine Hände, und ich bin überzeugt, dass heute noch Schiffe unversichert durch die Meere ziehen. Wenn es allzu schlimm war, mein Frust und meine Traurigkeit zu stark waren, ging ich aufs Klo, guckte durch das kleine Fenster in den Himmel und weinte. Die einzigen Lichtblicke waren Margita, meine spätere Frau, und mein Tennis. Ich fuhr von Turnier zu Turnier, allerdings kleinere Turniere, und trainierte natürlich viel zu wenig, höchstens zwei Mal die Woche. Ich hätte vielleicht ein Guter werden können, wie man mir versicherte. Doch wozu sollte ich ein Großer werden? Wenn ich für Deutschland spielte, das tat ich etwa 16 Mal, bekam ich eine Coca Cola und sonst nichts. Heute wäre ich vielleicht Millionär geworden, und ich weiß heute gar nicht, ob das so erstrebenswert gewesen wäre.

Ich begann dann, richtig zu trinken. Der einzige Schutz, der mir blieb. Wenn ich zurückwollte nach Bodenburg, das ich mir als Heimat auserkoren hatte, musste ich mich bei meinem Onkel vorher anmelden. Das hieß, ich hatte kein Zuhause mehr. Es gab das Meer, die Elbe, die Straße, die Gosse, die Hurenhäuser – und es gab Travemünde, wo Margita und ich versuchten, unser schmales Geld aufzubessern, was eigentümlicherweise gelang, denn Margita spielte fantastisch. Ich spielte gar nicht. Das Einzige, was ich tat, ich ging im Spielsaal hin und her, guckte nur auf dem Boden und sah hier und da einen Chip, den ich dann auflas, oder setzte mich auf die Sofas und suchte mit den Händen in den Ritzen nach Chips. Und tatsächlich, ich fand welche.

Meine Mutter hatte das dritte Mal geheiratet, einen Baron Bethmann, der im Auswärtigen Amt seinen Dienst tat. Seine erste Auswärtsstelle war Belgrad, das war 1949/50. Er war dort als Kulturattaché tätig. Meine Mutter zog zu ihm, sie war damals noch abhängig von Morphium und es war eine schwere Zeit für den Baron Bethmann. In ihrer dreijährigen Berliner Zeit, in den vielen Hospitälern, war sie durch hilfreiche Nonnen ans Morphium geraten.

Arturo Bodenstedt und ich verfassten ein Theaterstück mit dem Titel „Der Herr aus dem x-ten Jahrhundert", es handelte von einem Mann, der aus dem x-ten Jahrhundert auf die Erde kam und nun all die Verrücktheiten, die es dort gibt, nicht verstand. Arturo Bodenstedt spielte den Fremden, er war Deutsch-Mexikaner. Das Thema ist später, auch in vielen amerikanischen Filmen, aufgetaucht. Ein Freund von Arturo hatte das Manuskript verkauft.

Dr. Erwin Gosse, der später Staatsanwalt war und früher mit mir auf der Vespa betrunken durch Hamburg fuhr, schlug mir vor, eine rechtsextreme Partei zu gründen oder mit ihm in die NPD einzutreten. Er hatte dem Majdanekprozess vorgestanden als Staatsanwalt, war jahrelang durch die Welt gezogen und hatte an den schönsten Plätzen Zeugen vernommen. Die Urteile gegen die Hitler-, Auschwitz- und KZ-Mörder waren eine Frechheit. Für tausendfachen Mord gab es damals Gefängnis auf Bewährung usw.

Ich war in meinen Semesterferien bei den Eltern in Belgrad. Dort ereignete sich eine Liebesgeschichte, von der möchte ich jetzt erzählen. Ich verliebte mich in Dirjana. Es war ja alles kommunistisch dort und die Geheimpolizei stand vor dem Haus meines Stiefvaters und beobachtete die Ein- und Ausgehenden. Ich verliebte mich in die Frau des damaligen stellvertretenden jugoslawischen Außenministers Stepanowitsch. Die verliebte sich auch in mich, wir hatten herrliche Zeiten an der Save, dem Fluss, der an Belgrad vorbeifließt. Sie sprach im Belgrader Rundfunk die Nachrichten auf Englisch. Sie ließ sich scheiden, doch ich konnte sie schließlich nicht heiraten. Hörte aber immer nachts um 12 Uhr, wenn sie die Nachrichten auf Englisch durchgab, ihre süße Stimme, und manchmal war ein Satz für mich dabei. Es wurde viel getrunken.

Meine Mutter hatte zwei Freunde, das Ehepaar Messarowicz in Belgrad. Er war Architekt, und sie waren schon zweimal von den Kommunisten in ein KZ gesperrt worden. Als sie einmal wieder frei waren, kamen sie zu meiner Mutter und flehten sie um Hilfe an. Meine Mutter hatte ja den Wagen meines Vaters mit CD-Zeichen, „Car Dangerous". Und so trainierten sie im Wald. Beide Messarowicz mussten ihr Gepäck in den Kofferraum einräumen und auch selbst noch einsteigen, ebenfalls in den Gepäckraum. Sie fuhren durch die Gegend, um festzustellen, ob die beiden danach auch heil wieder herauskämen. Eines Tages dann fuhr meine Mutter mit den beiden über die Grenze. Wegen ihrer Aufregung hat sie eine halbe Flasche Slibowitz getrunken und die andere Hälfte mit den Zöllnern an der Grenze. Sprach mit ihnen serbisch und trank die Flasche mit ihnen leer. Stieg dann wieder in den Wagen und fuhr mit den Messarowiczens über die Grenze. Später wanderten die Messarowicz nach Südafrika aus, wurden reiche Leute und haben sich dort einen Namen gemacht – aber sich nie wieder bei meiner Mutter gemeldet.

Dann kam die Hochzeit mit Margita, die ich Gituchna nannte. Sie wurde nicht in Bodenburg abgehalten, sondern bei meiner Tante Ruth und meinem Onkel Konny Kottwitz. Zugegen waren meine Eltern, mein Bruder Burghard und einige Freunde, darunter Barbara Woolworth Hutton. Auf dem Fest bedrängte Barbara meine Frau, sie solle sich wieder scheiden lassen, sie gebe ihr eine Million Dollar dafür. Gituchna hat darüber gelacht, sie hat es mir erst viel später erzählt – und vielleicht war das auch nur eine ihrer Erfindungen. Neun Monate später ließ ich mich scheiden, denn ich hatte aus der Zeitung erfahren, dass eine Frau von Morgen bei „Jäger und Koch", einem Modehaus, gestohlen hatte. Ich fand das einen wahnsinnigen Vertrauensbruch. Margita hatte – weil sie kein Geld hatte, um sich ein Nachthemd für die Hochzeitsnacht zu kaufen – dieses aus einer Vitrine gestohlen, brachte es dann aber, weil es zu groß war, wieder zurück. Weil sie keine Rechnung hatte, wurde sie verhaftet. Sie wurde, da schon vorbestraft, zu sechs Monaten Gefängnis ohne Bewährung verurteilt. Nach der Verhandlung ging sie zum Richter und sagte, das könne er nicht tun, sie sei frisch verheiratet und erwarte ein Baby, was nicht stimmte. Der Richter ließ sich erweichen und wandelte die Strafe in eine Bewährungsstrafe um. Ich war verzweifelt, doch ich konnte dem Drängen meiner Familie nicht standhalten und ließ mich, obwohl ich meine Frau immer noch liebte, scheiden.

Margita hatte einen Großvater gehabt, von dem es ein Buch gibt, seine Memoiren: „König der Diebe". Es war der bekannte Hochstapler Manolescu; er schwängerte die Großmutter meiner Frau, die damals Zofe beim König von Sachsen war, beim August oder was. Er heiratete diese Zofe sogar, eine Gräfin irgendwas, stahl all ihren Schmuck und verschwand des Nachts. Das war ein Riesenskandal in der High Society. Der König von Sachsen kaufte der Gräfin Wildin von Königsburg, das war die Zofe, ein kleines Gut in Polen.

Anscheinend hat Margita/Gituchna manches von ihrem Großvater geerbt. Sie konnte vor den Augen der Leute etwas nehmen, ohne dass es irgendjemand bemerkte – und trotzdem sage ich, sie ist eine wunderbare Frau. Wer hat denn keinen Fehler? Dann kam eine Zeit, in der ich mich auf der Reeperbahn rumtrieb. Nur mit Zuhältern verkehrte und Kellnern. Eines Nachts, in Blazer und Flanellhosen und voller Cartier, setzte ich mich bei einem furchtbaren Regenguss auf die Stufen in der Herbertstraße, dem Puff von St. Pauli, vor ein Haus der Huren. Ich saß dort und weinte. Nach drei Stunden öffnete sich ganz leise die Tür, die Huren holten mich rein, versorgten mich, betteten mich, streichelten mich und entließen mich am nächsten Morgen, ohne dass irgendwas passiert wäre.

Ich wurde von Gottfried nach Venedig eingeladen. Ich war nervlich ziemlich kaputt durch die schlimme Zeit in der Firma meines Onkels, dieser Versicherungsmaklerei, von der ich mich schon verabschiedet hatte. Es war im Jahr '57, da ging ich zu Gottfried und Barbara Hutton, die inzwischen verheiratet waren, nach Venedig ins Grandhotel. Es wurde maßlos getrunken, und die schwulen Sekretäre meines Onkels verlachten und verhöhnten Barbara, wenn sie angetrunken die Treppe runterkam. Wir liebten einander und ich schlug ihr vor, sich von Gottfried scheiden zu lassen und zuvor in Paris zusammen mit mir in eine Trinker-Heilanstalt zu gehen, denn ich hatte miterleben müssen, wie sie einen Delirium-tremens-Anfall bekam. Ich rettete diese Situation, indem ich ihr eine halbe, gut, nicht 'ne halbe, aber ganz schön viel Whisky in den Hals schüttete. Der Anfall ging vorüber, doch sie konnte meine Intensität und meine kleinen Verrücktheiten nicht ertragen.

Als wir am Lido essen waren, sagte sie zu mir, sie wolle mich unabhängig machen, „I want to make you independent", von meiner fremden Familie. Nun also merkte ich, dass sie nichts anderes vorhatte, als mich zum Sklaven, zu ihrem Spielzeug zu machen, und da schmiss ich hin. Ich schmiss sie aus meinem Bett, als sie morgens zu mir kam und schrie sie an, sie sei eine Hure, denn nur eine Hure könne in der Nähe meines Onkels, ihres Mannes, zu mir ins Bett kriechen. Ich glaube, die Einzigen, die sie wirklich geliebt haben, waren Cary Grant und ich. Ich las seine wunderschönen Liebesbriefe an Barbara; eigentümlich übrigens, dass Cary Grant und ich am selben Tag Geburtstag hatten. Ich habe sie wirklich geliebt, aber sie hatte zu viel Geld und machte aus allen Leuten Sklaven und wunderte sich, warum sie so alleine war. Das Geld hat sie ruiniert. Ihre Arme waren ganz zerschnitten, sie hatte mehrere Selbstmordversuche unternommen.

Das größte Schwein war Porfirio Rubirosa, ein Diplomat der Dominikanischen Republik. Nachdem er bei der ungarischen Schauspielerin Zsa Zsa Gabor nicht landen konnte, beschloss er, Barbara zu heiraten. In der ersten Nacht war er über ihr Betrunkensein wohl so entsetzt, dass er ihr aus Wut das Fußgelenk brach.

Später machte sie einen Vietnamesen zum Prinzen und heiratete ihn. Sie starb elend, völlig verarmt im Wilshire Hotel in Los Angeles. Ich habe noch kurz vor ihrem Tod mit ihr gesprochen, sie weinte und bat mich, ihr zu verzeihen. Ich habe sie beruhigt und ihr gesagt, dass alles gut würde. Bald darauf verabschiedete sie sich. Sie ließ sich im Wilshire Hotel von ihrem Masseur in die Halle tragen, weil sie nicht mehr gehen konnte. Sie hatte zu atrophische Beine und sie bezahlte fremde Menschen, damit sie zu ihr kamen und sich ihre Vorträge oder Gedichte anhörten. Der Masseur besorgte solche Menschen und sie las ihnen ihre Gedichte vor. Sie kriegten pro Tag, pro Nacht 2.000 Dollar.

Ich war zu jung. Doch sicherlich, wenn ich sie geheiratet hätte, gäbe es mich heute nicht mehr. Natürlich bewahre ich ihre vielen Briefe auf und ihre Telegramme, doch ich lese sie nicht, das macht mich zu traurig.

Ich zog in Hamburg in ein leeres Apartment in der Warburgstraße, das nur mit Spiegeln und Fellen ausgestattet war sowie einem Kamin, einem Fernseher und einem Bandgerät mit Musik. Da soff ich mit dem damals noch unbekannten Maler, der mehr Zeichner war, Horst Janssen, einmal verfolgten wir seine Freundin Judith über die Dächer von Hamburg. Horst Janssen mit einem Messer in der Hand und ich mit der Pulle Schnaps. Alkohol am Steuer, Fahrerflucht, Zuchthaus Santa Fu, eine Woche dann in Glasmoor. Davon ein anderes Mal.

Ich gründete sozusagen die erste Kommune Deutschlands. Die Leute kamen mit einer Leiter durchs Fenster, weil wir nicht so viele Schlüssel hatten. Da hielten sich die fürchterlichsten Typen auf, im Grunde Abschaum, aber teilweise waren sie auch sehr interessant. Vier Wochen lang lief ich durch die Gegend, und wenn mir jemand gefiel, lud ich ihn zu einer Fete ein, in vier Wochen, und erstaunlicherweise kamen nur tolle Leute.

Ich hatte die Schnauze voll von Deutschland, von meiner Familie, von allen Menschen. Ich hatte schon in der Schule Albert Schweitzer verehrt und dachte daran, nach Lambarene zu fahren. Vielleicht dachte ich, ich würde dort einen Menschen finden, mit dem ich reden könnte. Ich traf auf dem Oktoberfest zufällig einen alten Freund der Familie, der eine Orangenfarm hatte. Dieser erzählte mir, dass für Leute, die bereit wären, hart zu arbeiten, in Angola Kredite freigemacht würden. Von der Regierung gegeben würden, um Farmer anzulocken. So beschloss ich eine Fahrt nach Angola.

Ich hatte einen Volkswagen und einen Triumph TR3 zu dieser Zeit. Den TR3 verkaufte ich und den Volkswagen rüstete ich um, ich machte ihn höher für die Wüste. Verdrahtete die Scheinwerfer und ließ eine große dicke Axt an die Seite montieren. Dann ging ich durch die Kneipen und rief: „Wer kommt mit nach Afrika?" Es dauerte nicht lange, da meldeten sich zwei. Als ich merkte, dass sie mich betrügen wollten, setzte ich meinen Marsch durch die Bars fort und irgendwann fand ich zwei Brüder.

In Algerien wurde geschossen, es herrschte Krieg. Nun wollte ich da durch. Natürlich hätte ich auch mit dem Flugzeug reisen können, aber das war mir zu langweilig. Zumal ich vorhatte, Albert Schweitzer zu besuchen. Ich verkaufte alles und wir donnerten los, über Avignon und Saint Rémy, wo ich einen halben Tag lang mit einer Flasche Absinth vor dem Hospital saß, in dem Van Gogh gewesen war. Weiter über Barcelona, Madrid, Tanger. In Tanger hatte Barbara eine Wohnung, in der zwei Freunde von ihr lebten, wobei der Mann immer betrunken gewesen sein sollte. Ich rief dort an und fragte die Frau, ob sie bereit wäre, mich zu empfangen, denn ihren Mann und mich würde einiges verbinden, wir tränken beide sehr viel. Daraufhin öffnete die Frau beim Klingeln nicht, obwohl ich ein paar Rosen im Arm hielt. Später war ich dann doch dort zu Gast und bewunderte die Braques und Picassos an den Wänden.

Ich traf einen Mann an der Bar, der Barbara kannte und nur ein Bein hatte. Ich fragte ihn, ob er mir Waffen besorgen könnte, denn ich wollte mich verteidigen können, für den Fall, dass ich von den Berbern oder den Franzosen oder den Algeriern in irgendeine unangenehme Situation gebracht würde. Der Mann verneinte, aber er meldete meinen Wunsch der Polizei. Wir lebten in einer kleinen Pension und waren des Nachts in Bars. In einer Bar spielte ich mit meinem Messer, so einem, wo man auf den Knopf drückt und die Klinge kommt raus. Aber da die Bar mir dann langweilig wurde und die beiden Deutschen Uwe und Klaus ins Bett wollten, fuhr ich alleine los mit meinem Wagen, an dem der Auspuff kaputt war und einen Riesenkrach veranstaltete. Auf halber Strecke sah ich einen Polizisten, der mir winkte, und ich musste anhalten. Ein Taxifahrer, den ich kurz vorher gefragt hatte, wo denn die nächste Bar wäre, stand da und beobachtete den Polizisten und mich. Ich sprach kaum Französisch damals, verstand aber, dass ich aussteigen sollte, und das tat ich. Der Polizist fragte mich in gebrochenem Englisch, wo ich mein Messer hätte. Er war über Funk benachrichtigt worden, dass ich mit einem Volkswagen mit dem Kennzeichen „HH – HM 218" unterwegs war und die Bardamen in einer Bar bedroht hätte. Wobei das, wie gesagt, gar nicht stimmte; ich bedrohe keine Menschen mit Messern. Als Berliner machte ich natürlich gerne dumme Witze. Vielleicht habe ich das da auch gemacht. Auf jeden Fall merkte ich am Verhalten und an den Augen des Polizisten, dass Gefahr drohte. Ich hatte das Messer in der Hand, er sagte zu mir: „Öffnen Sie das Messer!" In diesem Moment lief mir ein eiskalter Schauer über den Rücken. Ich drehte mich sofort um, warf das Messer weg und nahm die Hände hoch.

Ich wurde mit auf die Wache genommen, und die Leute sahen sehr böse aus, diese Marokkaner. Da fing ich an, nach einer Weile, die Bewegung eines Basketballspielers zu imitieren, so nach zwei, drei Stunden. Denn ich wusste, dass die Marokkaner in jenem Jahr Weltmeister im Basketball geworden waren. Die Leute, die da rumlungerten und die Polizisten wurden aufmerksam, kamen zu mir, lächelten und fragten, was ich da täte. Ich sagte: „Ich bin Basketballspieler in Deutschland, aber ihr seid die besten der Welt." Da lachten sie, schlugen mir auf die Schulter und ich konnte gehen.

Ich ging in die Pension. Am nächsten Morgen steht der Offizier vor mir, gibt mir die Hand und sagt: „Ich gratuliere Ihnen zum Geburtstag." Ich antwortete: „Ich habe keinen Geburtstag heute." Er sagte: „Doch, denn der Mann, der Sie gestern nicht erschossen hat, als Sie das Messer hatten, ist degradiert worden. Er hätte die Pflicht gehabt, zu schießen, denn jeder Mann hier in Marokko, der ein Messer hat, dessen Scheide länger ist als seine Innenhand und der vor einem Polizisten steht, wird hier erschossen." So hart waren die Sitten.

In dieser Pension hatte die Frau, die die Pension leitete, eine vier- bis fünfjährige Tochter, und ob Sie es glauben oder nicht, ich verliebte mich in dieses Kind. Das war so etwas Zauberhaftes, so etwas Liebes, so etwas Reines, rein, das war's. Und in diese Reinheit habe ich mich verliebt, denn so eine Reinheit hatte ich bisher noch nicht kennengelernt. Ich fragte die Mutter um Erlaubnis, mit ihrer Tochter essen zu gehen. Die Kleine zog sich an, hübsch, niedlich, hatte gelbe, halbhohe Gummistiefel an und wir gingen essen. Als wir fertig waren, guckte sie mich an mit großen Rehaugen und fragte: „Darf ich jetzt spielen gehen?" Natürlich durfte sie.

Da uns das Geld ausging, beschlossen wir, nach Casablanca zu fahren und dann am Meer zu zelten. Wir wollten da so lange bleiben, bis wir vom französischen Konsulat die Erlaubnis kriegten, durch die Sahara zu fahren. Wir zelteten also, kauften uns Kartoffeln, brieten sie in unserem Lagerfeuer. In dem Zelt wohnten die beiden Brüder, ich im Auto und hörte nächtelang Radio Monte Carlo, Voice of America und wunderbaren Jazz. Bei Ebbe gingen wir raus, holten aus dem Eruptivgestein des Meeresbodens Tintenfische und kochten ein herrliches Essen. Zwei Deutsche, die auf der Flucht waren, versuchten unseren Wagen zu stehlen. Marokkaner bedrohten uns mit Messern. Zwei Schwule, von denen einer sich in mich verliebte, aber daraus wurde nichts. Kanadier-Australier, die für ihre Televisionsstation arbeiteten, spielten Basketball mit uns gegen eine Mannschaft von schwer erziehbaren Jugendlichen. Wir verloren. Immer wieder fuhren wir in Casablanca zum französischen Konsulat und fragten nach unserem Visum für die Sahara. Es dauerte vier Wochen. Um uns die Zeit zu vertreiben, fuhren wir nach Marrakesch, eine der schönsten Städte, die ich je gefunden habe. Unten waren die Orangenhaine, oben sind wir Ski gelaufen. Von links oben sah man weit weit in die Sahara hinein, rechts sah man auf das Meer. Wir hatten eine tolle Michelin-Karte und probierten die Wege aus, die auf unserer Karte (der besten Karte für solche Unternehmen) eingezeichnet waren. Endlich bekamen wir unser Visum. Ich musste 800 Mark für jeden hinterlegen, damit wir im Falle, dass wir verloren gingen in der Sahara, per Hubschrauber oder Flugzeug gesucht werden könnten.

Wir fuhren also endlich los und kamen durch verbarrikadierte Berberstädte, wir kamen Colomb-Béchar immer näher, einer marokkanische Stadt. Dort waren die Fremdenlegionäre und man hatte uns gewarnt in Deutschland, um Gottes Willen nicht zu den Fremdenlegionären zu gehen. Ihr werdet sofort eingesperrt oder ihr werdet gezwungen, bei denen mitzumachen. In einer Kneipe trafen wir auf Oberleutnant Schwarz, einen ehemaligen SS-Mann. Er lud uns zu sich in die Festung ein. Wir trafen lauter junge Deutsche, achtzig Prozent dort waren Deutsche. Natürlich waren da auch Polen, Russen, Schweizer, jede Nationalität. An einen Russen kann ich mich erinnern, der war 60, und immer wenn die Fremdenlegionäre ausrückten, um den Algeriern, den Fellagas, wie man sie nannte, die Hölle heißzumachen, wollte dieser 60-jährige Russe mit. Er hatte in Indochina mitgekämpft und Dien Bien Puh überlebt; aber er wurde immer wieder zurückgeschickt, durfte nicht mit, weil er zu alt war.

An einen Franzosen erinnerte ich mich, der nach wochenlanger Flucht vor den Fellagas durch die Sahara, seinen Urin trinkend, torkelnd und total erschöpft in der Festung Colomb-Béchar ankam.

Ich parkte meinen Wagen vor der Festung. Meine beiden deutschen Freunde wohnten in der Festung, ich zog es vor, weiterhin im Auto zu wohnen. Die Fremdenlegionäre hatten uns gesagt, es sei Ausgangssperre, das hieß, ab acht Uhr abends durfte keiner mehr raus. Ich musste also im Wagen bleiben. Vor dem Wagen war eine Ruine. Nun hatte ich schlechtes Wasser getrunken oder Salat gegessen, auf jeden Fall kriegte ich eine schlimme Dysenterie, Durchfall, Ruhr. Ich musste alle zehn Minuten aus dem Wagen raus und es kam nur Blut. Ich dachte daran, dass es eigentlich gefährlich war, denn es konnten ja Fellagas, also Algerier kommen und mich umbringen. Aber ich torkelte in die Ruine, setzte mich hin und versuchte zu machen, was nicht ging, es kam nur Blut. Plötzlich, es war tiefe Nacht, hörte ich, wie ich da saß, ein seltsames Klick-Klick. Da wusste ich, da sind zwei Leute mit Gewehren. Waren es nun Feinde oder Freunde? In meiner Verzweiflung und Todesangst schrie ich: „Bitte nicht schießen!", worauf gellendes Gelächter erscholl. Es waren zwei deutsche Fremdenlegionäre, die mir hochhalfen und mir einbläuten, den Wagen nicht mehr zu verlassen. Es sei lebensgefährlich. Zehn Minuten später kamen sie zurück und sagten, es wäre wohl besser für mich, wenn ich in die Festung käme, also ging ich. (Kurz vor dieser Begebenheit war ein Trupp Fremdenlegionäre in der Sahara überfallen worden. Man fand sie tot, mit abgeschnittenen Genitalien, Ohren und Nasen.)

Ein rührender französischer Arzt ließ mich in sein Krankenhaus, ohne dass ich zu zahlen hatte, und kurierte mich aus. Es hat acht Tage gedauert, die Schmerzen sind fürchterlich bei der richtigen Dysenterie; der Arzt meinte, ich würde mein ganzes Leben lang Schwierigkeiten mit dem Magen haben und das sollte sich bewahrheiten.

Wir blieben fast vier Monate bei den Fremdenlegionären, denn es war nicht erlaubt, ohne militärische

Begleitung durch die Sahara zu fahren, es war zu gefährlich wegen des Algerienkriegs. Dann endlich fuhren wir nach Bidon cinque; das liegt ungefähr in der Mitte der Sahara, die wir von Nord nach Süd durchquerten. Am Ende zeigte mein Tacho etwa 2.600 zurückgelegte Kilometer an. Bidon cinque besteht aus einer Tankanlage und Zelten; man konnte dort also tanken und Wasser holen; die Bewohner waren ausschließlich französische Strafversetzte. Wir stiegen aus. Ein angetrunkener französischer Offizier kam mit der Pistole in der Hand auf uns zu und sagte, wir sollten nun Liebe machen, zu ihm ins Zelt kommen. Wenn wir uns weigern würden, würde er einen nach dem anderen erschießen. Wir waren stark, wir waren jung und wir waren mutig. Ich sagte dem französischen Mann in gebrochenem Französisch, er könne einen erschießen, die anderen beiden würden ihn umbringen. Er ließ es sein und wir fuhren weiter.

Man musste in der Sahara immer von Station zu Station fahren, wobei jeweils gefunkt wurde, dass man angekommen war. Wenn man länger als ein paar Stunden ausblieb, fing die Suche an, dafür hatten wir ja pro Person 800 Mark hinterlegt. Hier und da, wie reingetupft in die Berge, weiße Hütten, und ein endloser Horizont. 2.600 bis 2.700 km in 36 Stunden, immer im dritten Gang neben der von schweren Wagen ausgefahrenen Piste. Wir sahen Karawanen, wir sahen Beduinen mit indigoblau gefärbten Tüchern, und schließlich kamen wir im Tessalitgebirge an. Ich hatte die Mittelstrecke der Sahara gewählt. Es gibt drei, eine im Westen, eine im Osten und eine mitten durch, ich bin mitten durch. Schließlich erreichten wir die Grenze. Übrigens ist die Hitze nicht so schlimm in der Sahara, viel schlimmer ist die Nacht, die Kälte. Wir kamen also an, es war im Jahre 1958; ein französischer Offizier sollte unsere Pässe abfertigen. Wir hatten natürlich ein Visum, doch der Mann sah, dass wir Deutsche waren, und die mochte er nicht. Wer mag uns schon? Ich konnte ihm das nicht verdenken. Er ließ uns stehen, sechs Stunden in der brütenden Hitze, das war schlimm. Im Auto. Bei Wind war das nicht so schlimm, doch nun standen wir vor dem kleinen Häuschen, im dem der Mann saß und uns sechs Stunden warten ließ. Nach sechs Stunden kam er raus und sagte: „Ihr wartet morgen auch noch. Ich gebe euch keine Durchfahrt." Worauf ich anfing, ganz leise vor mich hinzumurmeln, die Nationalmannschaft der Franzosen damals. Ich war in Stockholm bei der Fußballweltmeisterschaft '58 gewesen, wo die Franzosen die Deutschen 6:3 geschlagen hatten, im Spiel um den dritten Platz. Mein Stiefvater war damals von Belgrad nach Stockholm versetzt worden, und ich besuchte meine Eltern ab und zu. So sah ich diese Weltmeisterschaft live. Ich sah damals auch Pelé zum ersten Mal, da war er 17 und schoss die Tore.

Also ich murmelte die Namen der französischen Nationalmannschaftsspieler, der Offizier wurde hellhörig und sagte: „Woher kennen Sie die Nationalmannschaft der Franzosen?" Ich sagte: „Weil ich ein Fußballverrückter bin." Ich sollte die Namen wiederholen, ich habe heute nur noch Koppa im Kopf, den weiß ich noch, aber damals kannte ich sie alle und nannte sie alle, und jedes Mal, wenn ich einen neuen Namen nannte, haute er einen Stempel in unsere Pässe. Er lud uns zum Rotwein ein und wir unterhielten uns so gut es ging auf Französisch.

Vorher, das fällt mir gerade ein, hatten wir einen französischen Konvoi getroffen, dem wir uns angeschlossen hatten, der aber plötzlich stehen blieb und uns aufforderte, weiterzufahren5. Ich wollte mit ihnen weiterfahren. „Nein", sagten sie, „wir müssen hier abbiegen." Später erfuhr ich, dass dort in der Wüste die ersten französischen Atomversuche unternommen worden waren.

Dann trafen wir auf eine französische Jagdgesellschaft, die frisches Fleisch hatte. Wir versammelten uns um ein Lagerfeuer und sangen, die Marseillaise und weitere Lieder; bald trennten wir uns dann wieder. Ich war sehr schnell gefahren, ich glaube, ich habe einen Weltrekord durch die Sahara aufgestellt. Wir fuhren weiter über Togo und landeten in Lagos. In Lagos badeten wir, kauften uns in der Apotheke Penicillin und Spritzen für billiges Geld und verlustierten uns mit den sehr hübschen schwarzen Frauen, die aber fast alle einen Tripper oder Schlimmeres hatten. Nach jedem Abenteuer spritze ich die beiden mit Penicillin voll und mich selbst auch.

Bei einer Riesenwelle beim Baden, so fünf Meter hoch, hätte es mich beinah erwischt. Ich lag drei Minuten unter Wasser oder 'n bisschen weniger und hatte mir das Schlüsselbein angebrochen.

Meine beiden Freunde waren so geil, dass sie unbedingt eine junge Nigerianerin auf unsere Fahrt mitnehmen wollten. Sie verlustierten sich Tag und Nacht mit dem Mädchen, und ich musste Tag und Nacht meine Spritze anwenden. Wenn ich sauer auf die Beiden war, und das passierte immer häufiger, haute ich die Spritzen ziemlich unsanft in ihre Hintern.

Man bestahl uns, ein Deutscher versuchte uns zu überreden, kleine Sexspiele mit ihm zu treiben. Dann verließen wir Nigeria.

In Togo traf ich einen Lastkraftfahrer, einen Schwarzen; als er hörte, dass wir Deutsche waren, fing er an, fließend Deutsch zu sprechen. Er sagte: „Warum wollt ihr weiterfahren? Bleibt doch in euerm Land." Ich fragte: „Wieso in unserem Land?" „Ja, Togo, das ist euer Land!" Togo war einst von Deutschen annektiert worden, und seitdem sprechen die Togonesen oder Togolesen oder wie sie auch heißen, Deutsch. Er erzählte mir, dass er sieben Kinder hätte und die Söhne hätte er alle nach Deutschen genannt. Ich fragte ihn nach den Namen, er sagte, der eine heiße Göring, der andere heiße Hitler und der nächste Goebbels und so weiter und so fort. Wenn ich es nicht selber erlebt hätte, ich würde es nicht glauben.

Wie ich später herausfand, fuhr ich auf derselben Piste wie mein Großvater Kurt Morgen, der Togo für Deutschland eroberte. Mein Großvater besaß eine der größten Kaffeeplantagen, sie wurde aber nach dem Krieg von den Engländern gestohlen. Meine drei Onkel, Brüder meines Vaters, tummelten sich dort, um zu retten, was zu retten war, aber es gelang nicht, die große Plantage ist für unsere Familie für immer verloren.

Auf derselben Strecke wie mein Großvater also fuhr ich, ohne es zu wissen. Ich musste für den Fehler büßen, dass ich Reifen ohne Schläuche gekauft hatte, sie waren inzwischen kaputt und wir mussten unentwegt flicken, wir mussten Schläuche einziehen, die aber nicht reinpassten, sodass sie immer wieder kaputtgingen. Wir hatten eine Panne nach der anderen.

Etwa 200 km nördlich von Lambarene geschah es. Uwe betätigt das Riesenbeil, das am Auto montiert war, pausenlos. Er schliff es und schliff es und hackte dann in die Bäume rein. Ich sagte ihm: „Junge, das geht in die Hose", und es ging in die Hose. Er schlug sich ins rechte Bein. Eine etwa 20 cm große Wunde entstand, das Blut spritzte heraus. Zum Glück war ein Schwarzer da, der 14 Tage bei Albert Schweitzer gelernt hatte. Er konnte das Bein mit einer Nadel und so einem speziellen Draht – nun, kein Draht, aber so was Ähnlichem – zuflicken. Bei dem Unternehmen konnte ich meinem Freund Uwe nur eine Flasche Whisky anbieten, er trank sie aus, ich versuchte Witze zu machen, aber er reagierte sehr negativ.

Ich war fürchterlich müde vom Autofahren. Ich bin teilweise 48 Stunden hintereinander gefahren und legte mich hinten rein und sagte zu Klaus, der fahren konnte: „Bitte fahre ganz langsam, bitte keine Rennen." In dem Moment, als ich das sage, stürzt der Wagen drei Meter tief in den Dschungel. Ich bin vorne aus dem Fenster raus, wie, weiß ich nicht. Zum Glück waren

Schwarze da, Eingeborene, die uns halfen, den Wagen wieder auf den Weg zu bringen. Sie schrien und tanzten um unser Auto herum und schrien: „Tschatschatscha!" Die Achse war verzogen, der Wagen war kaputt. Wir reparierten ihn notdürftig und fuhren weiter. Wir fuhren langsamer als vorher, gezwungenermaßen. Wir kamen an eine kaputte Brücke und fragten einen Mann, wann die Brücke wieder in Ordnung wäre. Er lachte und sagte: „Etwa in vier Wochen." Ich sagte: „Vier Wochen warte ich nicht, dann baue ich die Brücke selbst." Das war aber unmöglich. Der Mann sagte, es gäbe einen Weg, aber der sei sehr schwierig, der sei nur für Lastwagen geeignet.

Es war ein Weg für Lastwagen, die Holz transportierten. Ich beschloss, diesen Weg zu nehmen. Wir mussten über Wasserfälle und Schluchten, über die nur Bäume gelegt waren. Die Bäume aber hatten die Spurbreite für Lastwagen, mein Volkswagen war zu schmal. So ging es um Zentimeter. Ich ließ die beiden aussteigen und fuhr allein auf ihre Anweisung, es ging um Zentimeter, wie gesagt. Da war ich dem Tod wieder einmal ganz schön nah. Wir brauchten für eine Strecke von 24 km zwei Tage.

Dann kamen wir an eine Mission, eine protestantische, die sehr fein von Amerikanern geführt wurde. Wir kriegten Essen, wurden bestaunt und weiter ging es. Wir kamen an den Ogowe, das ist der Fluss, an dem Albert Schweitzer sein Hospital in der unmittelbaren Nähe des Ortes Lambarene gebaut hat. Damals gab es noch keine Straße; wir ließen den Wagen samt Gepäck und Kamera da – nun, es war keine Kamera, sondern ein altes verbogenes Fotoding – und fuhren mit einem Afrikaner über den Fluss nach Lambarene. Man empfing uns, da es längst bekannt war, dass drei verrückte Deutsche auf dem Weg nach Lambarene waren. Schweitzer, ein imposanter Mann, sehr groß, weißhaarig, Schnurrbart, weiße Schürze vorm Bauch, und die erste Frage, die er mir stellte: „Wo habt ihr denn eure Kameras?" Er war gewohnt, dass die Leute mit Kameras kamen, um ihn wie eine bunte Kuh zu fotografieren. Ich antwortete: „Wir haben keine Kamera, aber dafür haben wir ein kaputtes Bein." Er guckte sich das Bein an, runzelte die Stirn und sagte: „Das muss sofort operiert werden. Das ist zu gefährlich in dieser feuchten Hitze mit den vielen Mikroben. Das muss alles neu gemacht werden." Also Uwe kam auf den Operationstisch und wurde von Albert Schweitzer operiert. Uns wurden Zimmer zugewiesen, nun waren wir bei Albert Schweitzer. Wir saßen an seinem Tisch. Ich saß ihm gegenüber, er las aus der Bibel vor und wir diskutierten. Er hatte einen sagenhaften Humor. Wir haben uns gekrümmt vor Lachen, das hat er genossen. Er titulierte sich selber als Aussteiger und schwarzes Schaf der protestantischen Kirche. Nach dem Essen spielte er Bach'sche Fugen auf dem Klavier, das ihm ein Kapitän geschenkt hatte. Der hatte es aus einem untergegangenen Schiff geholt. Das Klavier war so verstimmt, dass nur Albert Schweitzer wusste, wo die richtigen Töne waren. Morgens ab vier übte er in seinem Zimmer Bach, morgens um vier im Dschungel, Hitze überall, Affen überall, Moskitos überall, Feuchtigkeit überall – und Albert Schweitzer spielte Toccatas.

Er meinte, wir müssten mindestens zwei Monate bei ihm bleiben, wegen des Beines. Ich hatte Blutgruppe null positiv, die sehr selten war da unten, und sie waren alle erfreut, auch die anderen Ärzte, dass ich Blut spenden konnte für die Leprakranken, also ging ich Blut spenden. Doch die Leprakranken haben geschrien und gejammert, sie wollten kein Blut von einem Weißen. Das weiße Blut könne nicht gut sein für eine Schwarze, doch sie wurde einfach gezwungen. Die Schwarze, die sich weigerte, mein Blut zu nehmen, war sie vielleicht das uneheliche Kind meines verehrten Großvaters, des Generals, des blutigen Franz? Er hatte sich ja auch hier herumgetrieben.

Tagsüber arbeiteten wir für Albert Schweitzer an der einzigen Straße, die dort gebaut werden sollte, denn es sollte Eis aus Norwegen mit zwei Lastwagen kommen, und das musste irgendwie auf einer Straße transportiert werden. Das Eis war für das Operieren vorgesehen.

So machten wir uns auf und arbeiteten täglich in dieser Hitze mit den Eingeborenen zusammen. Und wenn die Schwarzen nicht richtig arbeiteten, nahm Albert Schweitzer seine weiße Schürze und schlug sie damit. Er ließ sich Grand Docteur nennen, was mich ärgerte und was ich ihm auch sagte, worauf er nicht sehr freundlich mit mir war. Er ließ große Schneisen in den Urwald schlagen, viel zu groß, die hätten kleiner sein können. Auf seiner Glocke, die immer läutete, wenn es zum Essen ging, stand „Ehrfurcht vor dem

Leben". Er sprang über Ameisen wie ein Besessener, um sie nicht zu verletzen, aber den Dschungel hat er übermäßig verletzt. Und als ich ihm das sagte und fragte, wie weit das ginge mit der Ehrfurcht vor dem Leben, da sagte er mit einem gewissen kecken Ausdruck im Gesicht: „Das bestimme ich selber."

Er hatte eine eigene Uhrzeit gegenüber den umliegenden Dörfern, und die Schwarzen schmissen eines Nachts die Fensterscheiben eines seiner Häuser ein. Sie mochten ihn nicht, und die Franzosen, die ich später traf auf ihren Farmen, wenn ich erwähnte, dass ich bei Albert Schweitzer gewesen war, zeigten mir nur den Vogel und sagten: „C'est un fou."

Tatsächlich weiß kein Mensch, wo das Geld geblieben ist, das ihm gespendet wurde. Es müssen Millionen gewesen sein. Jede Hütte, in der irgendwelche Kranken lagen, hatte einen Namen, zum Beispiel eine Hütte hieß „Das Armband", eine zweite „Die Halskette". Es waren alles Spenden von reichen Amerikanern oder Ausländern, ich weiß es nicht. Auf jeden Fall hat man ihm dies zum Vorwurf gemacht: Er hätte so viel Geld verprasst.

Er hatte natürlich ein Verhältnis mit einer der Krankenschwestern, die alle einen Kult um ihn machten. Unter anderem war dort auch die Nichte von Paul Getty, dem Ölmagnaten, die, unverschämt, mir sagen zu müssen glaubte, wie ich mich zu benehmen hätte. Worauf ich ihr beinahe eine geklatscht hätte. Sie bildete sich was ein auf ihren Getty und ging in Schwesterntracht. Ich bin überzeugt, sie tat das nur, um später auf irgendwelchen Cocktailpartys zu erzählen, sie sei Schwester bei Albert Schweitzer gewesen.

Albert Schweitzer war den ganzen Tag bei der Arbeit. Manchmal, um zu beweisen, dass er mit 89 gelenkig war wie ein Junge, kletterte er unaufgefordert auf Palmen. Er lachte sich tot über uns, wenn wir so viel Wasser tranken. Die Schwestern bereiteten große Flaschen vor, mit Wasser und Zitrone. Ich trank so eine Flasche in einem Rutsch aus und forderte eine weitere. Schweitzer meinte: „Diese Kinder, die haben Durst. Sie essen immer und trinken." Er behauptete von sich, er tränke nichts.

Das Leben mit ihm war schon ein Traum. Es war hinreißend, ihm gegenüberzusitzen, mit ihm zu beten und ihn aus der Bibel vorlesen zu hören und diese Bibelstellen zu interpretieren. Ich erinnere mich an eine Stelle, ich glaube, das ist Markus 10, wo Jesus sagt: „Lasset die Kindlein zu mir kommen." Und eine andere Stelle, in etwa: „Noch bevor ihr alt werdet, werdet ihr bei mir sein" oder so ähnlich, und „Noch bevor ihr alt werdet, wird das Himmelreich anbrechen." Daraus folgerte Albert Schweitzer entgegen allen anderen Auslegungen, dass Jesus sich geirrt habe, dass Jesus viel mehr Mensch gewesen sei als Gottes Sohn. Das war gegen die protestantische Lehre, darum bezeichnete er sich auch als schwarzes Schaf der Kirche. Später ging ich so weit zu behaupten, dass Jesus auch als Symbol zu verstehen ist. Jeder kann ein Jesus sein - jeder sollte ein Jesus sein, dann gäb es keine Kriege mehr.

Das Essen war gut und es gab sogar ein Bier, hin und wieder. Am freien Nachmittag reparierten wir den Wagen. Der aller erste Wagen, seit Lambarene bestand. Die Achse kriegten wir nicht mehr richtig hin, aber wir konnten die Bremsen ausbauen und den Motor reinigen. Denn wir hatten den Wagen übergesetzt, nachdem die Straße so weit in Ordnung gebracht war, , mit einer Fähre, und waren mit dem Wagen direkt bei Albert Schweitzer vor die Tür gefahren.

Die erste Straße in Lambarene ist mit von mir gebaut. Ich habe natürlich keine Fotos gemacht, ich mache nie Fotos, ich finde Fotos idiotisch. Ich habe es im Hirn und das genügt mir. Ich brauche keine Beweise, ich brauche nicht den Menschen zu sagen, ob es wahr ist oder nicht. Wenn ich sage, es ist wahr, dann stimmt es. Ich lüge nicht, ich hasse die Lüge. Die beiden Deutschen hatten sich bei Albert Schweitzer über mich beklagt, dass ich zu wenig Geld rausrücken würde. Wir hatten wenig Geld, was sollte ich da noch rausrücken?

Beim Abschied fragte Albert Schweitzer mich, was ich denn haben wolle. Ich bat ihn um seine Leben-Jesu-Forschung und verschiedene andere Bücher, die er mir bereitwillig gab, mit Unterschrift. Er schickte sie mir per Post und schrieb rein: „Heinrich-Joachim von Morgen mit vielem Dank für die gute Arbeit. Albert Schweitzer".

Die sechs oder sieben Bücher von Albert Schweitzer mit Unterschrift und Dank für die geleistete Arbeit ließ mein lieber Bruder Burghard auf der Fahrt von Blankenese nach Dammtor-Bahnhof in der S-Bahn liegen. Doch da wir uns in dieser Hinsicht sehr ähnlich sind, nehme ich ihm das nicht übel. Im Übrigen hat er mir auch das Leben gerettet und mich immer fabelhaft unterstützt, wie auch seine Frau Elisabeth. Hass und Neid kenne ich nicht. Langeweile auch nicht. Ich denke da an die Touristen auf Ibiza, die nur in irgendwelchen Bars rumhängen, weil sie einfach nicht wissen, was sie mit sich anfangen sollen, und dabei gibt es doch so viele wunderbare Möglichkeiten.

Noch einmal zu Albert Schweitzer: Beim Abschied gab er mir 50 Äquatorialfrancs, was damals ungefähr achtzig DM waren, und sagte, das sei Judas' Lohn. (Ich verwaltete die Reisekasse; in Marokko hatte ich sie meinen Mitfahrern übergeben. Sie hatten den Inhalt mit Huren verschleudert, daher verwaltete ich das Geld nun wieder. Das im Übrigen mein Geld war, denn ich finanzierte die ganze Reise. Judas wird oft mit dem Attribut des Geldbeutels dargestellt, aber als Judas bezeichnet zu werden, kränkte mich, und ich zog gekränkt von dannen. Das Bein von Uwe war wiederhergestellt, die Narbe ist geblieben.

Wir trafen auf unserem Weg zwei Franzosen, die Landvermessungen vornahmen. Der kleine Jean Poirot klagte, er könne es nicht mehr aushalten, er würde in diesem Dschungel alleine mit dem andern wahnsinnig. So lud ich ihn ein, mit ins Auto zu kommen, und wir fuhren zu viert weiter. Wir kamen nach Dolisie, Moyen-Kongo, trafen einen Freund von Jean und quartierten uns dort ein. Der Freund hatte eine 15-jährige Frau geheiratet, die versuchte uns anzumachen und die Banane so aß, dass man genau wusste, was sie meinte. Ich traf eine Schwarze, die Englisch konnte. Sie hatte ein kaputtes Bein, einen griechischen Koch als Vater und eine Afrikanerin als Mutter. Sie war verschrien als Kommunistin und hatte versucht, den damals gestürzten Präsidenten von Moyen-Kongo, ihren Freund und Geliebten, aus dem Gefängnis in Brazzaville zu holen und versucht, das Parlamentsgebäude in Brazzaville in die Luft zu sprengen. Wusste ich aber alles nicht, das habe erst später erfahren.

Wir fuhren weiter nach Brazzaville, dem französischen Ort gegenüber von (damals) Léopoldville, heute Kinshasa. Das war Belgisch-Kongo und war auch noch Kolonie von Belgien. Wir setzten über ohne Visum und landeten in Léopoldville. Das Geld war uns ausgegangen in Brazzaville, da hatten die beiden beschlossen, mich zu verlassen. Es hatte Ärger gegeben, man war neidisch. Ich gab jedem die Bescheinigung über die gezahlten 800 Mark für die Saharadurchquerung und sie trampten weiter.

Ich fuhr mit Jean Poirot nach Léopoldville. Wir saßen den ganzen Tag im „Timtim", einer Bar, und tranken Pernod. Ich wartete auf mein letztes Geld aus der Schweiz (von Barbara), und es dauerte drei Wochen, bis es da war. In der Zwischenzeit musste ich irgendwie Geld verdienen. Zuerst heuerte ich in einem großen Hotel an als Barkeeper. Das ging in die Hose. Schließlich traf ich einen Belgier, der mit seiner Gitarre nachts durch Bars tingelte. Er forderte mich auf mitzumachen. Ich sang Blues und es gab ein wenig Geld. So gegen zehn Uhr kamen wir in eine Art Café Keese. Ältere Damen forderten die Männer auf und hielten sie 'ne

Weile aus. Bei der fünften oder sechsten Dame war ich so betrunken, dass ich mitten auf der Tanzfläche zusammenbrach. Immerhin kann ich sagen, dass ich mal Eintänzer in Kinshasa, sprich Léopoldville, war.

Der Belgier wollte unbedingt mein Auto verkaufen, um mit einem kleinen Boot nach Cannes zu den Filmfestspielen zu segeln. Daraus wurde aber nichts. Ich hatte noch nicht ganz meinen Verstand verloren. In den drei Wochen hatten wir so viele Schulden gemacht, dass das Geld kaum mehr reichte, also mussten wir wieder bleiben. Und ich musste mein letztes Geld schicken lassen. Dann fuhren wir weiter nach Angola, vorher hatten wir in Léopoldville in der deutschen Botschaft übernachtet. Der deutsche Botschafter war, ein paar Tage vorher, in dem großen Fluss dort, dem Kongo, von Krokodilen gefressen worden.

Wir fuhren mit dem kaputten Wagen weiter, der dröhnte, weil der Auspuff weiterhin kaputt war. Es war kaum Geld da, um das Auto zu reparieren. Wir hatten es auch in Lambarene nicht richtig reparieren können und die Regenzeit stand bevor. Wir kamen über die Grenze nach Angola und wollten nach Lobito, nicht in die Hauptstadt Luanda.

Denn in Lobito hatte ein Freund meiner Familie eine Farm. Wir hatten nur noch eine kleine Reiseschreibmaschine. Die Reifen waren so abgefahren, dass sie bei dem Regen und Lehm kaum mehr fassten. Wir mussten schieben. In einem kleinen Ort versuchte ich, den Freund der Familie anzurufen. Es meldete sich seine Schwester und die sagte, der Freund hätte sich inzwischen scheiden lassen, sei in Europa und wir könnten auf keinen Fall kommen.

Wir verscheuerten alles, was wir hatten, und machten uns auf den Rückweg, ohne Schreibmaschine. Wir kamen wieder nach Dolisie, gerade, als der Regen die nicht asphaltierte Straße unbefahrbar gemacht hatte. Ich lernte einen Deutschen kennen, einen Herrn von Fernau oder so ähnlich, der in Holz machte und der mich einlud, bei ihm zu wohnen. Allerdings für Geld. Ich fing ein Verhältnis an mit Anna Lubaki, einer Mulattin und Alkoholikerin. Bei dem Deutschen traf ich auf einen Franzosen, der in Kamerun einen Distrikt gemietet hatte, wo Holz gefällt werden sollte, Limbas, große Limbas. Das wird benutzt, um Eiche zu imitieren. Er fragte mich, ob ich den Holzdistrikt in Kamerun leiten wolle. Ich sagte ja und wir machten aus, dass ich vierzehn Tage später hinfahren sollte in eine Hütte mit Pygmäen, achtzig Pygmäen unter mir, die das Holzunternehmen mit angehen sollten.

Vorher spielte ich noch Tennis mit einem Franzosen. Ich konnte ihn schlagen. Er war Nationalspieler, was weiß ich, und als ich spielte, sprang ein Mann auf, kam nach einer halben Stunde in Uniform wieder. Es war der Polizeipräsident von Dolisie. Er forderte mich auf, mich auszuweisen, was ich tat. Er fragte mich, von wessen Geld ich lebte, denn er hatte mich mit Anna Lubaki gesehen, die als Kommunistin verschrien war, was ich damals gar nicht wusste. Nun meinte er wohl, dass ich auch Kommunist wäre und Umtriebe vorhätte. Ich sagte ihm, ich sei Student der Rechte in Hamburg und das Geld käme von Barbara Hutton. Der Mann hat mich so angeguckt, als hätte ihn der Blitz getroffen. Wahrscheinlich hat er gesagt: „Und ich bin der Kaiser von China." Er funkte nach Hamburg, ob es einen Herrn von Morgen gäbe, der dort immatrikuliert wäre. Natürlich hatte ich mich exmatrikuliert in der Zwischenzeit. Also es stimmte nicht, ich war der Lüge überführt, ich war gemeingefährlich und er sagte, wenn ich noch einmal nach Dolisie käme, würde er mich für drei Jahre ins Gefängnis stecken, wo nur schwarze Kriminelle seien.

Ich fuhr mit Antoine – so hieß der Franzose, dem dieses Holzgebiet gehörte – von Dolisie etwa 200 km nach Norden. Begab mich in diese Hütte, hatte einen kleinen Boy, das Wasser kam von der Decke aus einem dort angebrachten Eimer. Über mir raschelte es immer und wir stellten fest, dass grüne Mambas ihr Unwesen trieben. Die grünen Mambas sind die giftigsten Schlangen der Welt, vielleicht sind die schwarzen Mambas auch so, aber die sind mir nicht begegnet – zum Glück. Die grünen Mambas wurden von den Jägern erledigt, mit Stöcken hinter den Kopf geschlagen; die Jäger nahmen sofort die Giftzähne und füllten das Gift in kleine Ampullen als Gegengift.

Die Arbeiter, mit denen ich zu tun hatte, waren sehr klein, es waren wie gesagt Pygmäen. Auch die Elefanten waren kleine Elefanten, die aber umso böser waren. Übrigens stand eines Morgens eine Mamba vor mir, bevor sie erledigt wurde, so 2,20 Meter hoch. Wir erschraken beide, ich ging auf sie zu und sie flüchtete aus dem kleinen Fenster. Über mir in den Bäumen waren Horden von Schimpansen, die, wie man später erzählte, sehr gefährlich sein können. Sie nehmen Äste und schlagen damit ihre Gegner tot. Mich hat man, wie man sieht, nicht totgeschlagen. Ich stand morgens mit der Sonne auf, wies die Arbeiter mit ihren Macheten ein, ging mit dem Vorarbeiter und wir ritzten die zu fällenden Bäume an.

Die Bäume waren etwa vierzig bis fünfzig Meter hoch. Ihre Wurzeln waren Luftwurzeln. Diese Wurzeln bilden kleine Bassins, Pools, damit in der Regenzeit das Wasser nicht weglaufen kann. Wenn ich Durst hatte, schlug mir der Vorarbeiter gewisse Lianen ab; das Wasser war wunderbar und man konnte es ohne Angst, dass man Disentery bekommen würde (also Ruhr), trinken. Sonst musste man das Wasser immer abkochen. Der Vorarbeiter, Samba mit Namen, stank entsetzlich nach wildem Tier. Als ich das dem Franzosen erzählte, lachte der und meinte: „Wir, mein lieber Freund, riechen für die wie Aas."

Ich schenkte meinem Vorarbeiter eine Packung Zigaretten und hörte, wie er anderen hinter meinem Rücken erzählte, wie dumm ich sei. Ich hatte ihm Zigaretten geschenkt, ich schenkte ihm mein Hemd. Am nächsten Tag kam der Vorarbeiter und sagte, er wolle jetzt die Hose haben. Ich sagte: „Hör mal zu, du hast das Hemd bekommen, wieso willst du jetzt auch die Hose haben?" Ich gab ihm die Hose nicht und war ab dem Moment ein böser Patron.

Wir schlugen die Stämme und sie wurden mit einem Traktor auf die Straße geschafft, von wo sie von einem Elsässer aus Dolisie mit einem riesigen Krupp

Elch, einem übergroßen Wagen, abgeholt wurden. Ich bin diesen Elch einmal gefahren, in einer Nacht nach Dolisie. Ich habe es nur eine Minute geschafft. Der Elch hatte 14 Gänge, diese Stämme waren unglaublich schwer – die Straße war aus Lehm und Schotter und der Wagen schlitterte hin und her. Man konnte entweder 20 fahren oder 80. Der Elsässer fuhr 80, ich war schweißgebadet, nach einer Minute, ich bin nie wieder mit dem Elch gefahren.

Eines Tages kam Anna Lubaki mit drei bösen Typen in meinen Kral und verkündete volltrunken, sie würde das Dorf abfackeln lassen, wenn ich nicht mit ihr ins Bett ginge. Gottlob schlief sie sofort ein, und als ich das andere Bett benutzte, brachen die Holzlatten durch und ich lag die Nacht über auf dem Lehmboden, zwischen so manchem Getier und einer Menge Ameisen. Was haben die Franzosen gelästert, als sie mich so vorfanden, mit Anna am Bein.

Manchmal besuchte mich Antoine, der Besitzer dieses Quartiers. Führte mich 20 km weiter in eine Bar, wo seine Freunde saßen, und es wurde die ganze Nacht die Marseillaise gesungen. Antoine hatte mir versprochen, mir so viel Geld zu geben, dass ich die Rückfahrt buchen konnte. Von Point Noir ging ein Schiff nach Rotterdam. Ich hatte mir von dem Deutschen, bei dem ich gewohnt hatte und der auch in Holz machte, ein Ticket reservieren lassen – zum Glück. Denn das Unvermeidliche kam. Als ich wieder einmal in Dolisie mit Anna Lubaki im Bett lag, öffnete sich die Tür, der

Polizeipräsident von Dolisie stand vor mir und sagte: „Ich habe Ihnen doch gesagt, Sie dürfen hier nie wieder herkommen. Jetzt kommen Sie ins Gefängnis." Ich hatte eine Blechkiste, total unordentlich, suchte nun nach dem Schiffsticket, das ich ja hatte. Drei Polizisten beobachteten mich, ich schwitzte, denn ich wusste, wenn ich diese Bescheinigung, dass ich abfahre, das Ticket nicht finde, lande ich im Gefängnis, und zwar in einem sehr unangenehmen Gefängnis. Ich habe nichts gegen Schwarze, aber was soll ich mit Wilden, deren Sprache ich nicht sprechen kann, denn Sprache hat mich immer gerettet. Schließlich und endlich, nach einer halben Stunde des Kramens und Suchens, fand ich die Bescheinigung, dass ein Schiff auf mich wartete, und zwar die MS Bennikust, ein holländisches Schiff. Antoine steckte mir noch 1.600 DM in die Tasche, für die vier Monate, die ich für ihn gearbeitet hatte. Ich wurde unter Polizeischutz zum Flughafen geschafft. Von einer Horde von Polizisten mit entsicherten Gewehren. Die kleine Maschine transportierte mich dann nach Pointnoir, zu einem Freund des Deutschen, bei dem ich übernachten konnte. Vorher war noch ein anderer Adliger zu uns gekommen, ein Cousin von diesem Mann Fernau oder wie er hieß, mit einem Saxofon, und so waren wir nun drei: drei Blaublütige im tiefsten Afrika. Die MS Bennikust hatte etwa 8.000 Tonnen und war ein Cargoschiff, also es wurde Holz transportiert und Personen.

Nach drei Wochen des Wartens konnte ich an Bord gehen. Ich hatte vorher meinen Volkswagen an einen Franzosen verkauft und nun ging die Reise los.

Sie dauerte vier Wochen und ich war der einzige Passagier. Ich sah nachts das Kreuz des Südens, ein Sternzeichen dort unten. Ich war etwas enttäuscht, ich hatte es mir größer vorgestellt. In meiner Kajüte, die ich alleine bewohnte, schrieb ich Gedichte, ich trank jeden Tag eine Flasche Whisky und freundete mich mit dem ersten Offizier an, der mir nachts erlaubte, das Ruder des Schiffes zu bedienen. Er konnte das. Bei ihm fuhr das Schiff geradeaus. Wenn ich aber das Steuer bediente, waren solche Zickzacks die Folge, dass es schon peinlich war.

An jedem größeren Hafen legten wir an und entluden oder nahmen etwas an Bord. Der erste Offizier zeigte mir sämtliche Bars und sämtliche Huren an der Westküste Afrikas. Schließlich wurden die Zeichen am Himmel immer europäischer und der Große Bär kam und die anderen Sternzeichen, der Wagen und so weiter. Ich saß am Tisch des Kapitäns, es wurde viel getrunken und viel gelacht und es gab herrliches Essen, indonesisches, wie es auf holländischen Schiffen üblich ist. In einer meiner großen Blechkisten befanden sich lauter Andenken an Afrika, schwarze Madonnen, Elfenbein – doch von diesen Andenken habe ich nichts behalten. Entweder habe ich sie verschenkt oder eben irgendwie verloren. Wir landeten nach vier Wochen in Rotterdam, wo das Schiff anlegte, wir hatten Sturm gehabt, dass es nur so krachte, was ich wunderbar fand, da stand ich vorne an der Reling und ließ mir die Gischt ins Gesicht knallen. Ein Ratschlag für alle Leute, die seekrank werden: Trinkt ordentlich und esst ordentlich, dann passiert gar nichts.

In Rotterdam wohnte ich zwei Tage in einem kleinen Hotel, traf einen Holländer, der mir erzählte, dass er in der SS gewesen sei im Krieg und dass er die Deutschen verehre. Dann kam ich nach Hamburg, ich hatte Barbara aus Afrika einen Brief geschrieben, sie möge doch so lieb sein und mir nicht monatlich $ 300 geben, sondern alles auf einmal, damit ich etwas damit anfangen könne. Zum Beispiel eine Pension aufmachen, eine Bar oder ein Café. Ich bat sie um $ 250.000. Von dem Moment an habe ich nie wieder was von ihr gehört. So musste ich in Hamburg erfahren, dass ich kein Geld mehr hatte. Außer dem bisschen, was Antoine mir gegeben hatte und das aus dem Verkauf des Volkswagens herausgekommen war. Meine Familie lächelte höhnisch.

Ich kam mir ziemlich dämlich vor, eben wie ein schwarzes Schaf. Was tun jetzt? Man schlug mir vor, ich war damals 24 geworden, in Göttingen mein Jurastudium fortzusetzen. Also ging ich nach Göttingen und studierte Jura. Ich verliebte mich in eine Lesbe und versuchte, uns mit einer Pistole, die zum Glück gesichert war, zu erschießen. Ich traf eine Sizilianerin und nach vier Monaten bekam ich einen Brief, sie sei schwanger. Ihre Familie, in Palermo ansässig, was ja nicht ungefährlich ist, hatte wohl gedacht, sie hätte den goldenen Fisch geangelt, reicher Leute Kind. So musste ich sie wohl oder übel heiraten, dachte ich. Doch Familie und Freunde rieten mir sehr von der Ehe ab. Ich erkannte Daniel als meinen Sohn an und gab ihm auch meinen Nachnamen.

Ich quittierte nach insgesamt 12 Semestern Jura kurz vor dem Examen meine Juristenlaufbahn und ging zu dem einzigen Menschen, der mir helfen konnte. Denn meine Mutter hatte sich versagt. Nicht so Gituchna, meine geschiedene Frau, die in Kitzbühl mit einem 19-jährigen Kitzbühler zusammenlebte.

Bei Gituchna bezog ich ein Zimmer und der 19-jährige Waliczek, Micky Waliczek, überredete mich, mein Geld, das ich gerade durch eine Erbschaft bekommen hatte - ungefähr 50.000 Mark, damals sehr viel Geld - in seine Firma zu stecken. In meiner Verzweiflung tat ich das auch, das Geld war nach zwei Jahren weg. Man gab mir noch einmal 10.000 Mark und sagte: „Nun bin ich dich endlich los." In Kitzbühl nennt man das - besonders, wenn es sich um Deutsche handelt - „Die haben den Piefke ums Haxl gewickelt".

Aber Kitzbühl war keine schlechte Zeit. Ich vervollkommnete mein Skilaufen, lernte Österreichisch, lernte Molterer kennen und Praxmeier, Hinterseer, Toni Sailer. Ich spielte für Kitzbühl Tennis, gewann die Tiroler Meisterschaft, ich hatte Freunde dort, es waren Bäcker und Schuhmacher und Gastwirte. Eigentlich eine schöne Zeit, wenn nur nicht dieses Damoklesschwert über mir gehangen hätte, dass die Firma pleitegehen könnte - und sie ging pleite. Ich gewann noch etwas im Roulette, nahm meine Koffer und ging mit meinen Tennisschlägern nach Spanien, in der Hoffnung, dass ich vielleicht in Barcelona oder Madrid in einem guten Club Tennislehrer werden könnte. Doch daraus wurde nichts. Ich lebte bedürftig und bescheiden in Barcelona, ging auf den Ramblas ab und zu zu den Huren und landete schließlich auf Ibiza. Von dort aus ging es nach Formentera, eine kleine Insel, auf der es viele Künstler gab, eine Insel mit einem Taxi und einem Omnibus. Ich saß mit Pepe zusammen, mit zerbrochenen Seelen, hochbegabten Malern, und wir philosophierten tagein, tagaus. Ich trank dort gern Pfefferminzschnaps und Pernod, schon der Farben wegen, und spielte viel Schach. Bei einer Partie spielte ich gegen den ungekrönten Meister von Ibiza, einen Deutschen, der mit einem schweren Motorrad unterwegs war. Nach dem Verlust der Partie gegen mich stieg er wutentbrannt auf sein Motorrad, raste los, knallte auf die Quaimauer und verstarb.

Ich traf einen Deutschen, Klaus Timm, und kaufte mich in seine Bar ein. Eine kleine Bar unterhalb der Fonda Pepe, genannt La Casita. Damals hatte ich Inge in Kitzbühl zurückgelassen; sie war die geschiedene Frau eines Regisseurs, der schrieb ich ein Gedicht und legte dem Brief auch ein französisches Gedicht bei, von Rimbeau. Ein Theaterkritiker meinte später, das deutsche Gedicht sei ja leidlich, aber das Gedicht des Franzosen katastrophal. Und Folgendes schrieb ich damals auch:

Theaterstück II

Es ist auf einer jener Inseln geschehen, wo so viel passiert und die Nächte lang sind und die Wellen gleichgültig und die Zeit ungleichmäßig.

Da kommt ein Mann in seinen besten Jahren, wie man so sagt, obwohl man das nie so genau weiß. Er kommt vom Festland herüber mit vier großen Koffern, einer Schreibmaschine, einem Album von Chuck Berry und einer Menge alter Fotos.

Er kommt vom Festland im dunklen Anzug zu den Leuten in Jeans und mit den süßen Zigaretten, zu den Leuten, die nur flüstern oder schreien des Nachts, die manchmal junge Hunde die Klippen runterwerfen, weil zu viele junge Hunde da rumlaufen.

Der quartiert sich in ein ins einzige Hotel, das fast gar keines ist, wo nachts wie tags die Türen schlagen und es auch schon mal nach Absinth und Scheiße riecht.

Der Mann malt Zeichen an die Wand, in die Luft, fängt an zu sprechen, wird nicht verstanden, redet mit den Daumen.

Man freundet sich an.

Er beginnt das Unnötige zu verkaufen, zuerst die Bücher, schließlich die Schreibmaschine, hat sie sowieso geschenkt bekommen, ist eine englische.

Ein Priester, der ihm auf Lateinisch zu verstehen gibt, dass er zu viel trinkt, unterrichtet ihn in der fremden Sprache, liest für ihn allein morgens um fünf Uhr eine Messe.

Der Mann versteigert dann alles, was er hat. Die Leute mit den weißen Jeans können nicht viel gebrauchen.

Das Letzte, was er behält, noch nicht weggibt, sind die Schwimmflossen; es könnte ja sein, dass er doch noch einmal zurückfährt auf einem Schiff, da könnte ein Sturm kommen und trotz der vielen Haie könnten diese Flossen …

Der Mann feiert ein letztes Fest mit allen auf der Insel. Sie fressen die letzten Hühner, saufen den letzten Wein; dann wollen sie lustig sein, wollen ein Gesellschaftsspiel spielen.

Einige sind von Tanger gekommen, sind schon ziemlich lange unterwegs, machen Laute wie Eulen, singen nach kleinen Mandolinen.

Ein großer, starker Maler setzt sich auf einen schweren Stein, deutet auf den Riesenbaum, den verdorrten unterm Mond.

„Da, da an den Ast da, da muss er ran, der Fremde."

„Au ja, da muss er ran." Der Fremde wird vom selben Mond beschienen, hat noch einen alten Gurt von einem alten Koffer.

Den Koffer hat er gern, der ist noch halb voll mit Postkarten, Bildern, Tagebucheintragungen; der Koffer ist ziemlich schwer.

Er trägt den Koffer bis zum Baum, wird hochgehievt, den Gurt um den Hals.

Da hängt er dann auf der einen Seite des großen kahlen Astes, auf der anderen Seite sein Koffer, der ihm langsam die Gurgel zuschnürt.

„Eigentlich hätten wir ihn annageln sollen", sagt einer, „das wäre dann so, na so, wie sagt man schon ..."

Doch der Mann lächelt, wenn man genau hinschaut; wenn's auch schwierig ist, das zu erkennen, wo ihm doch die Zunge so raushängt.

Auf unwegsamem Gelände
zu Barbara Woolworth Hutton

Ein Gewölbe tut sich auf in mir. Ich trete in mich ein und taumele in die Dunkelheit. Kein Tasten, keine Berührung, und doch ist da ein langsames Strömen hinten und vorn, nach oben und unten, quer durch etwas, das weder Raum noch Zeit. Da streichen Gefühlsklumpen vorüber und der Geschmack hört auf zu sein.
Turbulenzen wirbeln Bilder durcheinander, neue entstehen aus den zerbrochenen Rahmen und irgendwo ein Licht, ein Schatten: Das bist du, Barbara.
Stufen hinauf und hinab, ausgetretene Stufen, steinerne und knarrende, Eisengeländer, mit den Händen schmeckend beim Wendeltreppengehen.
In eine Richtung hinauf, um einen Punkt, und doch hinauf. Hinunter? Denselben Weg? Wohl kaum.
Und überall bestaunt von fremden Fratzen, Ahnenbildern, schief aufgehängt. Die Bilder schemenhaft, sie schweben, sie schwanken. Es ist Oktober, September, Ende August. Du ziehst dich am Treppengeländer hinauf. Du wiegst gerade 44 Kilo, müsstest leicht sein. Was ist es, das dich so langsam macht?
Mein erster Blick hat dich nie mehr losgelassen. Du bestandest aus Zobel an jenem Tag, und Augen. Wie eine Feder warst du hereingeflogen, ohne Bedacht, und die Zerrissenheit der dunklen schweren Mauern wirkte zum ersten Mal ganz leicht, die Ahnenbilder hatten ihren Staub fallen lassen und im Park duftete es nach Moor.

Dann tasteten deine Hände nach Cognac, und man gab ihn dir in Weingläsern.

Das Dach der Burg war neu gedeckt und auch der Turm, der schief und drohend in den Himmel ragte; vieles war neu um uns herum. Die Schlossherrin, eine meiner Großmütter, streng und ihrem Namen verpflichtet: eigene Kirchen, Patronat, viele Bischöfe am langen Tisch. – Du durftest in ihrer Suite wohnen, denn du hattest die Dächer decken und die Fluren bestellen lassen.

Am ersten Abend trugst du das Smaragdcollier von Katharina der Großen, am zweiten die Perlen von Marie-Antoinette. Du trugst Lanvin und von deinen Händen ging ein Zauber aus, der Cognac wurde in Weingläsern gereicht – nun schon verdünnter Cognac, denn man wollte abends „länger etwas von dir haben".

In den Nächten durchstreiften wir das Schloss. Die Dielen knarrten nicht mehr und du nahmst die Brillant-Clips ab. Viele Stunden haben wir so verbracht in fremden Räumen, während die Bediensteten die Kippen auflasen, die Chauffeure per du und Nachnamen angeredet wurden. Die Vögel raschelten im Efeu des alten Turmes. Du warst ein paar Wochen vorher meine Tante geworden und ich heiratete vierzehn Tage darauf.

Wir schauten uns an, alles war wie verdünnt und dadurch war die Zeit so lang. Verdünnt war auch der Cognac, zu dem du übergegangen warst.

Wir hatten keine Sprache damals – nur Augen.

*Das Grandhotel schwirrte und summte. Fünfzig deiner Leute wohnten da, und wenn sie etwas haben wollten, unterschrieben sie Zettel, auf denen dein Name stand. Schwule Sekretäre lärmten zwischen Säulen. Herren und deren Brüder hatten schon morgens um 9 Uhr 30 sechzehn Firmen gegründet am Canale Grande.
Ich redete mir dir, doch das konntest du nicht ertragen. Du konntest nicht mehr vom Sockel herunter.
Und dann fegte ich das Grand Hotel leer, nur die Säulen blieben noch. Du gabst mir Geld, um mich und meine lästigen Worte loszuwerden, doch meine Augen konnte ich dir nicht lassen, dafür nahm ich die Deinen mit. Später wohnte ich am Montparnasse und ließ dich allein im Ritz.
Heute, nach 22 Jahren, liegst du im Wilshire Hotel, Los Angeles. Wenn ich dich ab und zu anrufe, lallst du. Dann bin ich traurig.*

Ich hatte für einen Monat 300 Mark und konnte leben wie ein König, damals auf Ibiza. Der Cognac, das Glas bis zum Rand vollgegossen, kostete 3 Peseten, die Überfahrt von Barcelona nach Ibiza kostete 35 Peseten. Auf einer Fahrt mit einer Freundin, Marina Kohlbach aus Luxemburg, von Palma de Mallorca nach Ibiza, hatten wir trotz Geldmangels eine Zweierkabine. Als ich in der Nacht nicht schlafen konnte und an Alkoholmangel litt, ging ich durch die Gänge des Schiffes und öffnete die Tür einer großen Einerkabine. Da lag ein Mann im Bett, und viele Flaschen Gin standen auf dem Tisch. Der Mann meinte, ich solle mich ruhig bedienen, und er schlug mir vor, in sein Bett zu kommen. Ich hatte schon wegen seiner Art zu sprechen den Verdacht, dass mir da was Unangenehmes drohen könnte. Nachdem ich 'ne halbe Flasche Gin getrunken hatte, verabschiedete ich mich wieder und taumelte in meine Kabine zurück. Später stellte sich heraus, dass es sich um den homosexuellen Hochstapler und Fälscher Elmyr d'Horty gehandelt hatte, dessen Bilder, besonders Modiglianis und Picassos, in allen Museen der Welt noch heute hängen. Eines seiner wunderschönen Bilder hängt in meinem kleinen Kaminzimmer und bereitet mir viel Freude. Der Bildfälscher erhängte sich später in Palma de Mallorca im Gefängnis. Sein bester Freund war ein Schriftsteller namens Irving (nicht John Irving!), der zusammen mit seiner Frau, einer Malerin namens Edith Sommer, das Tagebuch des Milliardärs Howard Hughes gefälscht hatte. Dafür saßen er wie auch seine Frau einige Zeit im Gefängnis, sie in der Schweiz, er in New York, nachdem sie bereits 500.000 Dollar bekommen hatten (die sie natürlich zurückgeben mussten). Das sind so kleine Geschichten aus Ibiza, die wohl nur hier passieren können.

Man konnte die Koffer vier Wochen auf der Straße stehen lassen und kein Mensch rührte sie an. Die Türen blieben unverschlossen. Ein Paradies – heute zerstört. Das Geld, die Touristen und immer wieder das Geld, das war im Jahre 1961. Mein Geld war wieder mal zu Ende, ich musste zurück in die Wirklichkeit, musste zurück in das kalte Deutschland, zu den Menschen ohne Humor, ohne Charme, ohne Witz, ohne Takt. Ich ging zu meiner Mutter und meinem Stiefvater, die damals in Bad Godesberg lebten. Mein Stiefvater war Sicherheitsbeauftragter des Auswärtigen Amtes, er verlor den Schlüssel zum Tresor, und zu jener Zeit hat es so viele Ostspione in der Botschaft gegeben wie niemals vorher und niemals hinterher.

Ich wandte mich, weil mir nichts anderes übrig blieb, an meinen Onkel Gottfried von Cramm und bat ihn, mir zu helfen. Er hatte mir schon einmal ein Angebot gemacht, mir als Sohn eines Rennfahrers: Er wollte mir, wenn ich sein Sekretär würde, einen Porsche schenken, ich verzichtete. Er vermittelte mich dann als Tennistrainer nach Luxemburg, ich trainierte teilweise die Daviscup-Mannschaft der Luxemburger und verdiente pro Stunde zehn Mark. Eine Halle gab es nicht, sodass ich im Sommer bei Regen kaum Geld verdienen konnte; im Winter spielte ich in einer alten Turnhalle, die eiskalt und ungeheizt war. Kaum jemand kam dorthin, um Tennis zu spielen. Im Sommer war es ganz gut. Da waren die Dolmetscher von der EU – von der Behörde, die damals noch nicht in Brüssel war, sondern in Luxemburg. Einmal spielte ich in der knalligen Sonne, 40° Grad oder so was, 16 Stunden hintereinander, weil ich nicht wusste, wann es zu regnen beginnen würde, wie ich dann verdienen sollte. An manchen Tagen hatte ich so wenig Geld beziehungsweise keines, dass ich mich über Mülltonnen hermachen musste. Dass ich bei diesem Leben öfter Zuflucht im Alkohol genommen habe, ist kein Wunder. Ich bleibe mein Leben lang ein Alkoholiker, auch wenn ich seit drei Jahren trocken bin.

Die Turnhalle konnte ich nur im Winter benutzen. Wenn es im Sommer regnete, blieb ich im Bett oder trieb mich in irgendwelchen Bars herum. Ich spielte Skat, was ich schon in Hamburg gemacht und womit ich mein Studiumsgeld aufgebessert hatte, verdiente ein paar Mark die Nacht. Die Leute benahmen sich mir gegenüber sehr unhöflich. Damals war ein Coach oder ein Tennistrainer ein Dreck, ein besserer Sklave. Die Leute schrien: „Hey, Trainer, komm mal her!" oder so etwas. Man duzte mich. Es kam vor, dass die Leute sich so schlecht benahmen, dass ich ihnen das Geld vor die Füße knallte und sagte: „Ich spiele nie wieder mit Ihnen." Ich war schließlich frei und nicht angestellt. Ich konnte spielen, mit wem und wann ich wollte. Ich wohnte in möblierten Zimmern, die so groß waren wie ein besseres Klo. Ich wurde vom deutschen Botschafter in Luxemburg zum Dinner eingeladen, ich konnte nicht hin, weil ich nichts anzuziehen hatte. Der Botschafter wandte sich an meine Eltern und sagte: „Wie ist es möglich, dass Ihr talentierter Sohn für zehn Mark die Stunde in Luxemburg spielt!" Meine Eltern waren beschämt und hatten keine Antwort. In den zwei Jahren, in denen ich in Luxemburg Tennis gespielt habe, habe ich nicht einen einzigen Anruf von meiner Mutter bekommen.

Nach einiger Zeit konnte ich es mir leisten, einen alten gebrauchten Volkswagen zu kaufen, mein Gott, war ich stolz. Vorher war ich mit dem Fahrrad gefahren. Die Leute machten dumme Witze, ich würde ja wohl so viel Geld von ihnen fordern, dass ich mir ein Auto kaufen könnte; wie peinlich, was für Menschen!

Ich hatte im Sommer so viel gespielt und so wenig geschlafen und teilweise so viel getrunken, dass ich eines Nachts so tief schlief und auf meinem rechten Arm lag, dass die Nerven abgeklemmt wurden. Ich konnte den Arm nicht mehr heben, fast nicht bewegen. Ich konnte den Schläger nicht mehr halten, spielte mit zwei Händen, aber das ging nicht lange. Ich musste bei Nacht und Nebel, da ich meine Miete nicht mehr zahlen konnte, über die Grenze nach Deutschland. Zumal die Polizei hinter mir her war, weil ich nachts betrunken Auto gefahren war und einen Polizisten angerempelt hatte.

Kurzer Einschub zum Thema: Meine Gefängnisaufenthalte resultierten ausschließlich aus Autofahrten in alkoholisiertem Zustand. Dann meinte ich besonders, mir als Sohn eines berühmten Rennfahrers herausnehmen zu können, schneller als alle anderen zu fahren. Da wurde ich durch das Recht ausgebremst. Im Ganzen saß ich acht Wochen ein und habe in der Zeit viel gesehen und gelernt.

Eine typische Begebenheit will ich auch noch einschieben: Es war im Herbst so um 1968, als ich abends über den Marktplatz schlenderte und sah, wie ein Polizist einen türkischen Jungen jagte. Ich stellte mich dem Beamten entgegen, nahm ihm die Mütze vom Kopf und ließ ihn mich jagen. Nach einiger Zeit des fröhlichen Spiels hielt ich inne und gab ihm seine Mütze zurück mit der Bemerkung, er möge in Zukunft keine Kinder mehr jagen. Sprachlos und zitternd vor Wut legte er mir Handschellen an mit der Bemerkung, er werde es mir auf der Wache schon noch zeigen. Es handelte sich wohl um einen jener vielen übrig gebliebenen Exnazis. Auf der Wache ließ man mich nach kurzer Zeit frei, da man mich ob meiner literarischen und sportlichen Aktivitäten gut kannte. Der Junge aber war längst über alle Berge.

Ich ging also zurück zu meinen Eltern und beschloss, mein Jurastudium noch einmal aufzunehmen. Ich arbeitete und arbeitete, spielte Schach und kriegte Depressionen. Ich hatte das Gefühl, so etwas schon früher erlebt zu haben. Ich nannte es das Große, weil ich gar nicht wusste, dass es so etwas gibt wie Depression. Wenn es einem schlecht ging und man Depressionen hatte, wurde das missverstanden. Kein Mensch konnte dieses unheimliche Gefühl nachvollziehen – wie in einem Eisblock eingeklemmt zu sein, alles mitzubekommen, kein Gefühl nach draußen schicken und kein Gefühl nach innen lassen zu können, wie in einem Glaskasten. Und dann diese Angst, diese unbegründete Angst. Ich war bei einem Nervenarzt gewesen, der durch Elektroschocks meinen Arm wieder mobilisierte. Ich hatte schon geglaubt, mein Leben lang mit einem kaputten Arm herumlaufen zu müssen. Mein Bein war schon kaputt. Ich hatte mich voller Verzweiflung in Luxemburg auf die Straße gelegt, um mich überfahren zu lassen, von einem Lastwagen. In der letzten Sekunde hatte ich mich zu Seite gerollt, als hätte es ein anderer für mich getan. Der Wagen erwischte mein linkes Bein, ich habe heute noch eine dicke Narbe. Der Arm wurde aber besser, und ich kriegte eine Anstellung in Recklinghausen, als Tennistrainer, wieder zehn Mark die Stunde.

Wieder ein unangenehmer Club, ein unangenehmer Präsident, Herr Morlok, der mich noch um Geld bescheißen wollte. Ich lernte ein süßes 15-jähriges Mädchen kennen, Silvia hieß sie, war hoch talentiert und ich sagte ihr: „Ich mache dich zur westfälischen und deutschen Meisterin, wenn du alles das tust, was ich dir sage." Ich nahm kein Geld von ihr und trainierte sie. Sie machte alles, was ich ihr sagte, ja, sie aß sogar das, was ich ihr vorschlug. Als ich wegging, weinte sie sehr und sagte: „Was soll nun aus mir werden?" Sie wurde westfälische Meisterin.

Ich fuhr nach Arosa, um einen Porsche bei einer reichen Dame abzuliefern. Dort behandelte man mich wie den letzter Sklaven der Welt. Die Leute hießen Kuhfuß, machten später Pleite und landeten in Deutschland im Gefängnis. Ich fuhr weiter nach München, um mir von meinem letzten Geld Hemden machen zu lassen. Das bisschen Geld, das ich hatte, musste natürlich gut angelegt werden und ich beschloss, zu einem Hemdenschneider zu gehen, den ich schon vorher kannte.

Ich hatte vorher meiner ersten Frau, Gituchna, angekündigt, dass ich sie in München besuchen würde, um meinen Hund Hanky Panky nach drei Jahren wiederzusehen. Die Tür öffnete sich und eine junge, sehr hübsche Frau betrat den Hemdenschneiderraum und mit ihr mein Hund. Ich habe noch nie, auch nicht im Film oder irgendwo oder von irgendjemandem gehört, dass es so etwas gibt: Der Hund ist bis zu meinem Gesicht hochgesprungen! Mein Cockerspaniel, Hanky mit Namen, hat geschrien und tat so, als ob er reden wollte. Er hat sich überhaupt nicht beruhigen können, er war ganz außer sich.

Christina, die den Hund brachte, war zu der Zeit Sekretärin von Gituchna. Ich folgte ihr zu ihrer mondänen Wohnung, sie fuhr einen 190er SL und wir redeten und redeten die ganze Nacht hindurch. Schließlich besorgte sie mir eine Flasche Whisky und ich legte meine Schüchternheit ab und wir gingen ins Bett und beschlossen, dass wir von nun an verlobt wären. Sie lebte in Scheidung, und wir beschlossen, so wie mein Vater das mit meiner Mutter getan hat, dass wir ab heute verlobt wären.

Ich fuhr nach Recklinghausen zurück, packte meine Sachen und zog zu Christina nach München. Ich hatte keine Ahnung, was dort passieren würde. Sie makelte und baute mit ihrem Onkel Häuser und verkaufte dann die Wohnungen. Ihre Mutter lebte in Schwäbisch Gmünd, zusammen mit Christinas Schwester. Sie betrieben am Marktplatz Schwäbisch Gmünd ein Hutgeschäft.

Ich lernte einen Herrn von Lintl kennen, ein hohes Tier bei IOS-Investment, Overseas Services. Das war eine amerikanische Firma, die von einem Herrn Kornfeld geleitet wurde. Ich trat in diese Firma ein. Wir waren die erste Gesellschaft im Investmentvertrieb, die Fonds auch in Europa vertriebe. Das Geschäft lief fantastisch. Bald wurde ich Regionalmanager und lehrte jeden Samstag vor etwa achtzig Leuten die Zusammenhänge zwischen Fonds, Aktien, Renditen und Geld. Ich hatte eine Gruppe von Prinzen und Grafen unter mir, die für mich verkaufen gingen – was nicht sehr oft von Erfolg gekrönt war – und lehrte sie, wie man am besten verkauft. Das beste Mittel beim Verkaufen ist „the negative approach", das heißt, man geht hin und wenn einer nicht kaufen will, dann nimmt man seine Aktentasche, geht zur Tür und sagt: „Machen Sie, was Sie wollen, legen Sie Ihr Geld an, wo und wann Sie wollen." Dann plötzlich wollen sie alle anlegen. Die achtzig Leute, die ich lehrte, was ein Fonds usw. war, waren meist Bankdirektoren und Versicherungsdirektoren, die alle nur darauf warteten, mich reinzulegen. Wir waren aber so fit und hatten so gute Leute, dass nach einiger Zeit die Banken beschlossen, uns nicht mehr zu empfangen.

Wenn ich einen Kunden hatte, der Geld anlegen wollte, sagte er natürlich, er wolle vorher mit seinem Anlageberater reden, und ich antwortete: „Da bin ich froh", dann fragte ich ihn, was wohl ein Anlageberater in einer Bank verdiene, in einer kleinen oder großen Bank, oder ein Direktor. Und der Kunde meinte, so vier- bis fünftausend Mark oder zwei- bis dreitausend, was auch immer, und ich sagte: „Glauben Sie, dass der sein ganzes Leben lang auf seinem Posten bleibt für vier- bis fünftausend Mark, wenn er wirklich wüsste, wie man mit Aktien und Fonds Geld machen kann?" Das war so überzeugend, dass die Kunden sofort bei mir abschlossen, und die Sache war auch in Ordnung, ich stand dahinter.

Ein Fonds ist eine ideale Möglichkeit für Menschen, die sich nicht um Aktien kümmern können oder wollen. Sie haben ein Management und das arbeitet für sie. Also, die Idee war großartig, leider haben dann die Oberen von IOS die Fonds geplündert und die ganze Sache ging schief. Zum Glück habe ich damals meine Kunden, die die Fondsanteile gekauft hatten, früh genug informiert, dass sie diese abstoßen sollten, so hat keiner sein Geld verloren – bis auf einen. Ja, Risiko gibt's überall.

Dann kehrte ich zurück in den Schoß meiner Morgen'schen Familie. Lernte meine Cousinen erst richtig kennen. Die eine war mit Ferfried Hohenzollern verheiratet. Ich war Trauzeuge in Sigmaringen. Die andere war verheiratet mit dem Erbprinz Salm-Salm-Reifferscheidt. Die älteste war verheiratet mit einem Diplomaten aus Spanien, einem sehr reichen Grande, der leider in Neapel starb an Leberzirrhose. Die vierte heiratete einen Grafen Piccolomini. Angela Hohenzollern hat zwei Töchter, Prinzessinnen Hohenzollern, und hat nach der Scheidung von Ferfried (Pfaff genannt in der Familie) den Schauspieler Fritz Wepper geheiratet, mit dem sie eine Tochter hat, die auch Schauspielerin ist. Ich mag den Fritz sehr gerne und bin viel mit ihm Ski gelaufen.

Nach der Pleite von IOS-Services beschlossen Christina und ich (sie hieß an sich Brigitte, aber ich habe sie Christina getauft), da auch die Immobiliensituation in München nicht gut war, mit Sack und Pack in die Kleinstadt Schwäbisch Gmünd zu ihrer Mutter zu ziehen. Wir bezogen ein kleines Haus, das ihrer Mutter gehörte, und heirateten vorher in München standesamtlich.

Meine hilfreichsten Freunde waren Ulrike Gauss und Professor Siegfried Cremer, dessen Bilder ich früh als tolle Kunst empfand; unsere Gespräche über Kunst haben mich weitergebracht. Ich kaufte einige Bilder von ihm, in der Meinung, dass es große Kunst wäre. Ich kaufte sie von meinem letzten Fluchtgeld, was schon was bedeutet, da ich mich mein Leben lang auf der Flucht befand.

Schwäbisch Gmünd gefiel mir sofort. Meine Frau arbeitete im Hutgeschäft, ich machte die Büroarbeiten, spielte Tennis, später Golf, das ich nach drei Jahren und einem *eagle* aufgab, ich kam nicht weiter. Zu meinen Aufgaben gehörte es, auf den Zoll zu gehen und die Pakete für das Hutgeschäft abzuholen – aber ich tat das sehr ungern, war fast ängstlich. Denn ich hasse Beamte, ich mag keine Beamten. Wie kann ein Mensch acht Stunden hinterm Schreibtisch sitzen und Leute schikanieren? Die Selbstsicherheit rührt daher, dass ihnen selbst nichts passieren kann, lebenslang haben sie ihr Geld vom Staat und ihre Pension. Achtzig Prozent der Bundestagsabgeordneten sind Beamte, kein Wunder, dass sie die Gesetze nur nach ihrem Interesse ausrichten. Deutschland, ein Beamtenstaat.

Wir heirateten kirchlich und Christina bekam am 25. September 1971 unseren Sohn Carl-Christian, der später Buba genannt wurde, nach meinem Vater. Paten wurden meine Schwägerin Isolde Angermeier, Angela Hohenzollern und Dr. Christian Kuhnke. Später redete ich Christina ein, aus dem Hutgeschäft ein Modegeschäft zu machen. Sie wehrte sich am Anfang, denn es gab schon das Modegeschäft Martina, mit der Inhaberin war sie befreundet. Sie fürchtete auch das Risiko, aus dem Hutgeschäft ein Modegeschäft zu machen. Doch schließlich traute sie sich und das Geschäft wurde so gut, das die Leute aus München und Stuttgart zu uns kamen, um einzukaufen. Wir steigerten den Umsatz von 200.000 im Jahr auf 5.000.000. Christina bekam ein Gehalt von ihrer Mutter, ich bekam gar nichts. Um meinem Sohn Geschenke machen zu können, fälschte ich Benzinrechnungen mit einem Freund, der mit mir Schach spielte, im Schwäbisch Gmünder Schachclub, so war es mir möglich, meinem Sohn hin und wieder etwas zu schenken. Mein anderer Sohn, dem ich meinen (Nach-)Namen gab, wurde außerehelich geboren; er heißt Daniel. Er wurde in Sankt Johann in Tirol geboren, am 30. Oktober 1961. Er lebt heute in Mailand, ist verheiratet, hat zwei Kinder, also bin ich Großvater. Eines der Kinder heißt Eduardo Gustavo. Mein Sohn hat Medizin studiert, anschließend ist er Psychiater geworden, so kann er seinem Vater helfen, wenn er in Not ist.

Wir fingen an, Bilder zu sammeln, angeregt durch Christian Kuhnke, den ehemaligen Daviscup-Spieler, der es unter die letzten acht von Wimbledon brachte. Unser erstes Bild war eine Gabriele Münter für 20.000 Mark, heute kann man das Bild für 300.000 Mark kaufen. Ich begann, mich mit Kunst zu beschäftigen. Ich war schon immer hingerissen gewesen von Kunst. Wir kauften einen Jawlensky und die Münter, und wir deckten uns mit dem damals unbekannten Karl Otto Götz und mit Emil Schuhmacher ein. Ich kaufte die Bilder für etwa 20.000 bis 30.000 Mark, heute sind sie 200.000 bis 250.000 Euro wert. Nur habe ich davon leider nichts, meine Frau hat bei der Scheidung alles bekommen. Ich war in tiefer Depression. Ich bekam das Wohnrecht in einem Haus auf Ibiza und eine kleine Rente, meine Frau bekam alle Bilder. Doch heute habe ich ein gutes Verhältnis zu ihr. Bilder, die einst mein Sohn erben wird, haben heute einen beträchtlichen Wert.

Ich brachte die Tennismannschaft von Schwäbisch Gmünd auf Trab, gewann die Stadtmeisterschaft im Schach und die württembergische B-Meisterschaft, da war ich über 40. Ich trank sehr viel weniger, denn ich hatte eine Aufgabe und eine Frau, die Tag und Nacht für ihr Geschäft arbeitete, zusammen mit ihrer Mutter und anfangs mit ihrer Schwester Isolde, die dann aber nach München heiratete. Ich ging mit auf die Messen und versuchte meine Frau daran zu hindern, zu viel einzukaufen, es gab Krach. Mir waren die ganzen Schickimicki-Leute von der Modebranche ziemlich zuwider, doch ich wurde sozusagen als bunte Kuh rumgeführt. Der Herr von Morgen aus Berlin mit Blazer und

Clubkrawatte. Ich musste nur da stehen und mich angucken lassen und Floskeln von mir geben. Wir waren überall, in Paris, in Florenz, in Mailand, in Düsseldorf, aber nach einiger Zeit war mir das alles so zuwider, dass ich nicht mehr mitfuhr.

Ich fing an zu schreiben. Ich gründete mit ein paar Freunden in Schwäbisch Gmünd „Die Korrektiefe". Wir veranstalteten Lesungen. Auf die Frage eines Reporters nach einer Lesung beim Südwestfunk, wohin unsere Schreiberei denn wohl führen würde, antwortete ich ironisch: „Zum Nobelpreis." Da sagte der Idiot von Reporter: „Aber Herr von Morgen, das ist doch noch viel zu früh. Wie können Sie so etwas sagen?" Er hatte meinen ironischen Unterton nicht gehört.

In einer meiner Lesungen, ich glaube, es war in Stuttgart, las ich Folgendes vor:

Bewältigte Vergangenheit.

Die Straßenbahnen quietschten vom Adolf-Hitler-Platz her
– markerschütternd.
Die kleinen schwarzen Gestalten, reglos, wie hingestellt
mit ihren gelben Sternen.
Stern, welch schönes Wort könntest du sein,
wenn nicht die Plätze wären,
jene, auf denen einsam und abgesondert,
vergessen, längst schon tot,
die kleinen schwarzen Gestalten standen,
so widerstandslos,

doch als Vorwurf für ein ganzes Volk.
Schwarze Gestalten, lasst euch DIENEN;
später vielleicht einmal.
Ein Kind war immer bei euch –
so seid ihr nie vergessen worden in Wirklichkeit.

Aber ihr, Mistsäcke,
Sauhunde,
Drecksfürze,
wo habt ihr die Berge von Brillen gelassen?
Wo die Kammer voller Haare?
Wo sind die riesigen Mengen von Goldplomben hin?
Und warum wird das, was davon noch da ist, nicht jeden Tag gezeigt?
Was seid ihr für Menschen, die sagen,
es gehe sie heut' nichts mehr an,
was damals war?

Als ich das vorgelesen hatte, erhob sich die Hälfte der Zuschauer, alles ältere Menschen, und verließ mit angeekeltem Gesicht den Saal. Die Jungen klatschten. Hier noch etwas aus jener Zeit.

Heimat

Wenn nachts der Marktplatz
immer flacher wird
und es in den Giebeln
zu knacken anfängt,
trinke ich aus dem Brunnen

meiner Stadt,
sehne mich
nach dem Klappern von Stöckelschuhen,
dem windigen Sand
der Sahara
und dem Geruch
der Gosse.
Patrouillierende Bürger
lassen mich schrumpfen,
ich pfeife –
eine Neunte –
wechsle die Farbe
und begebe mich in das Dunkel
einer immer nahen Kirche.

Ich kaufte einige Bilder; das war natürlich nicht mein Geld, sondern das war das Geld meiner Schwiegermutter, von Mamale, wie ich sie nannte. Sie ging jeden Sonntag in die Kirche - wo sie zu einem Juden, Jesus, betete -, aber die Juden ansonsten mochte sie nicht. Und auf meine Frage, ob sie denn wisse, was über Jesus am Kreuz stehe, INRI, Jesus von Nazareth, König der Juden, da hat sie nur abgewunken und gesagt: „Das ist wieder typisch Heijo, dummes Zeug redet er wieder." Für sie waren die Juden das Schlimmste. Das Zweitschlimmste waren die Preußen und das Allerschlimmste waren die Flüchtlinge. Sie meinte, die Preußen machen die Gesetze, die Bayern dürfen sie lesen und wir dummen Schwaben müssen sie ausführen. Sie war eine herzensgute Frau und am Ende ihres Lebens fing sie an, mich auch zu mögen, denn ich hatte ihr ihr einziges Enkelkind geschenkt. Sie verwöhnte meinen Carl-Christian nach Strich und Faden und stieß kleine Kinderlaute aus, wenn sie ihn sah.

Ich kaufte also bei Beyerler Bilder. Beyerler in Basel, einer der besten Galeristen der Welt. Ich kam eines Tages dorthin und wusste von amerikanischen Künstlern so gut wie gar nichts. Es gab eine Ausstellung „Petit Format". Da hing ein Bild an der Wand, grün, schwarz, kleines Format – und was passierte mir? Ich fing an zu weinen. Ich hatte keine Ahnung, worum es sich da handelte. Ich wusste nur, das Bild musst du haben.

Herr Beyerler, der mich mochte, weil er wusste, dass ich einen Blick für Qualität hatte, klärte mich auf, dass es sich um einen Jackson Pollock handelte. Das Bild kostete 120.000 Schweizer Franken. Ich erwarb es mit dem Geld meiner Schwiegermutter und dazu noch einen kleinen Kupka, Franticek Kupka, wunderschönes Bild, klein und aus der richtigen Zeit. Einer der Ersten, die abstrakt gemalt haben – dies in Gegenrede zu jenen, die behaupten, Kandinsky hätte 1910 das erste abstrakte Bild gemalt. Auch Victor Hugo hat schon informell gemalt, lange vor Pollock. Auch der Pollock war aus der richtigen Zeit, 1950, seine beste Zeit. Naja, und den habe ich dann erworben. Der Pollock, ich habe mich jetzt erkundigt, der kostet inzwischen viel Geld. Aber er hängt an der Wand meiner geschiedenen Frau. Ich bin darüber nicht böse, denn irgendwann wird es mein Sohn erben.

Ich mischte mich also in das Kunstgeschehen ein, hatte verschiedene Freunde, Professoren, Malerfreunde, unter anderem einen wunderbaren Mann in Schwäbisch Gmünd, Walter Giers. Damals Professor in Karlsruhe, inzwischen emeritiert. Der macht elektronische Sachen, ganz fantastisch. Ich erwarb einiges, habe es inzwischen meinem Sohn gegeben.

Meine Depressionen wurden so schlimm, dass ich zu einer Analytikerin nach Stuttgart ging. Zwei Stunden in der Woche, ich konnte nicht mehr lachen, konnte kaum mehr mit meinem Sohn spielen, dem ich sonst alles beigebracht habe. Ich hatte seine Windeln gewechselt, ich habe ihm nur die Brust nicht gegeben. Aber wenn er in der Nacht unruhig wurde, habe ich das durch die Wand gespürt, der Junge, der hat niemals weinen müssen. Ich habe ihn gewickelt, habe ihm alles beigebracht, was ich konnte. Er hat mit drei Jahren Schach gespielt, mit vier Jahren Golf. Er konnte die Bälle mit vier Jahren weiter schlagen als meine Frau. Er spielte brillant Tennis mit vier. Wenn wir zusammen trainierten am Netz, kamen die Leute, um zuzugucken. Mit sechs verlor er einmal gegen einen älteren Jungen, 0:6, 1:6; von dem Moment an hat er kein Tennis mehr gespielt.

Ich wurde, wie schon in meiner Hamburger Zeit, eine kleine Berühmtheit, nicht des Tennis oder des Schachs, sondern meiner Lesungen wegen, die wild diskutiert wurden. Die einen lehnten mich völlig ab, die anderen sagten „toll", ein Kritiker verglich mich mit Handke und Grass. Ich war zwar stolz, aber dieses Gefühl, über den Marktplatz zu gehen und von jedem betätschelt zu werden, „unser Heijo" usw., in einer Stadt, wo man als Reingeschmeckter im Grunde schief angesehen wurde. „Reingeschmeckt" ist jemand, der aus Preußen kommt und eine Schwäbin heiratet, er wird nie wirklich anerkannt.

Schließlich und endlich wurden meine Depressionen so stark, dass ich sie nur noch mit Alkohol bekämpfen konnte. Das ging eine Weile so, doch schließlich und endlich wollte meine Frau die Scheidung, was ich ihr nicht verdenken kann, krank und alkoholuntauglich – das schwarze Schaf der Familie.

Übrigens gibt es in jeder Familie ein schwarzes Schaf, die anderen müssen ihre psychischen Lasten abwälzen auf einen oder eine, das ist dann das schwarze Schaf, das war schon so in der Bibel (= der Sündenbock), das ist wissenschaftlich belegt. Das gab und gibt es in allen Gesellschaften. Ich bekam vertraglich festgelegt 1.500 Mark im Monat und die Zusicherung, dass ich ein kleines Haus im Süden bekomme. Man wollte natürlich, dass ich weit weg bin. Das Kind wurde mir weggenommen, mein Zuhause war weg, meine Bilder waren weg, meine Bücher waren weg, mein Wappenring war weg, meine Cartier-Uhr war weg, meine Preise waren weg.

Ich ging zu meiner Mutter nach Freiburg, sie konnte meinen Zustand nicht ertragen. Also ging ich in die Psychiatrie. Ich hatte kein Zuhause mehr, keiner wollte mich, ich war krank, also Psychiatrie Freiburg. Zum Glück war ich privat versichert. Meine Depressionen waren so unglaublich, dass ich nur an Selbstmord dachte. Aber ich hatte doch die Söhne. Alle Arten des Selbstmordes habe ich durchgespielt, am angenehmsten schien mir noch, mich mit Medikamenten umzubringen. Da traf ich aber einen in der Psychiatrie, der hatte das versucht, es war nicht geglückt. Er konnte kaum noch seine Arme bewegen, ging unsicheren Schrittes, hielt den Kopf schief und seine Sprache war fast unverständlich. Im Kopf war er noch klar. Er erzählte mir von seinem Selbstmordversuch, der missglückt war; die Medikamente hatten diese irreversible Störung hervorgerufen.

Der Professor war rührend, die Schwestern waren rührend, die Patienten waren fantastisch. Am meisten haben mir die Patienten geholfen, die Gespräche mit den anderen Patienten. Endlich waren Menschen da, die verstanden, was eine Depression ist. Nicht wie die da draußen, die sagen, nimm dich doch zusammen, depressiv sind wir doch auch alle mal. Ich spürte bald, dass ich im Gespräch anderen helfen konnte, und das hat mich sehr beruhigt. Einer, dem es sehr schlecht ging, schrie einmal in der Nacht nach mir. Der Professor wurde gerufen und der Mann sagte: „Ich will nicht den Professor, ich will den Heijo." Einer meiner Vorfahren, ein Morgen, nicht von Morgen, war Heiler gewesen, war Arzt von Napoleon und dem Zaren (laut Familienlegende).

*Eure dürftigen Worte
und das windige Gehabe
lassen mich noch nachts
unter der Decke erstarren.
Eure weißhändige Biederkeit
kotzt mich an.*

*Die falschen Verbeugungen,
die Trippelschritte,
dienende Beflissenheit,
die Albernheit des geraden Ganges
und die gespielte Sicherheit
des Händedrucks –
sie bringen mich nah ans Erbrechen!
Euch möchte ich in der Sahara sehen,
im Dschungel,
in einer Gletscherspalte!*

Ein Mann tritt auf und liest schreiend
aus dem Telefonbuch vor:
„Ihr von den Amtsgerichten,
ihr von den Arbeitsämtern,
ihr von den Arbeitsgerichten,
ihr von der Bundesbahn,
ihr von der Feuerwehr,
ihr von den Finanzämtern,
Flurbereinigungsämtern,
Forstämtern Ost und West,
Handwerkskammern,

*Industrie- und Handelskammern,
Krankenhäusern,
Landgerichten,
Landratsämtern,
Polizei,
Post,
vom staatlichen Hochbauamt,
staatlichen Schulamt,
Staatsanwaltschaft,
Stadtverwaltung,
Straßenbauamt,
Wasserwirtschaftsamt ...".
Fasst sich ans Herz und fällt tot um.*

Er sah mich traurig an und sagte, er wolle kein Schach mehr spielen. Das wäre zwar eine schöne Sache, aber man komme nicht weiter; drehte sich um und betätigte das Fernsehgerät.

Die beiden

*Sie unterhalten sich nicht miteinander,
sie geben Laut.*

Gespräch

*„Wie viel Uhr ist es?"
„Sechs."*

"Wie viel Uhr?"
"Draußen ist der Himmel so blau!"
"Ja, ganz blau!"
"Und die Wolken sind fort."
"Beinah' hätte ich mich verschluckt;"
"Es ist kurz nach sechs!"
"Ich gehe jetzt in den Keller!"
"Ich hole das Benzin für den Rasenmäher."
"Mach die Tür wieder zu."
"Jetzt sind draußen Wolken aufgezogen."
"Wie es wohl morgen wird?"
"Im Fernsehen haben sie Regen angesagt."
"Da kann ich dann nicht – schwimmen."
"Gleich werde ich dem Vogel Futter geben."
"Er wird nicht mehr lange leben ..."
"Wie viel Uhr ist es?"
"Viertel nach sechs."

"Der Luftröhrenschnitt ist gelungen, Herr Professor."
"Das ist gut;
dann nehmen wir uns mal
seine rechte Kniescheibe vor."

Verfluchtes Sein,
die Brille ist zerbrochen,
der Blick durchs Fenster so dünn,

kein Kreuz des Südens,
nur ein fahler Mond
und tagsüber ein zerbrechlicher Himmel,
vergittert, die Außenwelt,
staubig verloschene Farben, kalt.
Das Ganze fremd, gefährlich.
Drinnen das Weiß mit etwas Beige,
die Beziehungslosigkeit.
Das Draußen ist hereingebrochen,
stumm sitzen die Menschen da
oder diskutieren wild mit sich selbst.
Der lange Gang ist schnell durchschritten,
das Geräusch der Schlüssel wird zum Ritual,
Essen ist Zwang,
Fröhlichkeit erstickt vom grauen Sein.

Tief im Inneren hörst du Stimmen,
die Sehnsucht nach den dazugehörenden Menschen
schwillt empor. –
Wenn du Glück hast, kannst du dann weinen.

Wenn sich die Nacht über die Irrenanstalt legt und es über die Dächer schreit, wenn die Irren ihre gebrochenen Herzen dem Mond, dem grünen dort, anvertrauen, falte ich die Hände zum Gebet. So eine Anstalt hat viel mit dem Tod zu tun. Dem lebenden Tod, der die Sterne verdunkelt und die Kinderseelen erstarren lässt. Nachts ist es dann so still in der Hauptstraße, dass man die freien, die allzu freien Gedanken ringsum, die aus den Zimmern und durch die Wände ziehen, körperlich spürt. Wachsende Gefährdung verdunkelt die Sonne, von den Gitterstäben zerteilt. Gefangen in einer Hülle von Irrsinn.

Aufstellung:

Valium, 10-20 mg regelmäßig 15 Jahre lang. Desgleichen Librium. Optalidon zwischendurch. Doriden 15 Jahre lang. Ohropax. Mandrax. Akineton, Halldol, Truxal 50, 15 mg, Antabus. Libratil, Dolviran, Eumed, Evipan, Novalgin-Chinin, Preludin (bei einem Golfturnier 14 Stück). Kokain, Haschisch, Koffein, Teein in Mengen, Equilibrin, Alkohol mit 5-6 Jahren angefangen. Spalt, Doppelspalt, Morphium, Verdampfung, Haarspray, Nikotin mit zehn Jahren. Pervitin, Höchsteinnahme 12 Stück in Casablanca. – Euphorie erlangt durch totale Nüchternheit, durch totale körperliche Überanstrengung, Sauna, kein Schlaf, Fliegen, Schreiben, Yoga, Musik, Malerei. – Kein LSD, Heroin, Meskalin, Opium, Fliegenpilze, Tollkirsche. Diese Aufstellung ist bei Weitem noch nicht zu Ende.

*In der Allee meiner Träume,
da windet's, und die Farben verwehen.
Der gelbe Mond spiegelt sich
in der gefrorenen Luft.
Von oben nach unten die schwarzen Schächte,
durch die fadendünnes Winseln zieht.*

Und in den Gräben
zwischen den stahlblauen Bäumen
steht ein dunkles Wasser,
so still und fest, wie gepresst.

Mehrere Anwesende ...

„Geben Sie mir eine Pampelmuse,
nein, geben Sie mir zwei Pampelmusen."
„Ich brauche – drei Pampelmusen."
„Mein Swimmingpool hat ein Loch."
„Mein Swimmingpool hat zwei Löcher."
„Mein Swimmingpool hat vier Löcher."
„Mein Swimmingpool hat kein Loch,
meine Neger leeren es jede Woche."
„Ich habe keinen Swimmingpool."
„Mein nächstes Auto wird schwarz."
„Mein nächstes Auto wird blau."
„Ich habe kein Auto."
„Schau – Schauen Sie, wie die Sonne scheint",
„Oh ja, die Sonne scheint!"
„Die Sonne scheint?"
„Ja, ich liebe die Sonne."
„Ich habe eine Cousine,
die betreibt eine Sonnenfarm."
„Wie schön!"
„Ich habe einen Onkel,
der ist Fabrikant für Weißwurst."
„Ein edles bürgerliches Gericht."

Dann wandten sie sich den Neuankömmling zu und spielten erneut den Einakter „Swimmingpool", 8 bis 9 Stunden lang.

Ich verlange nach der Bibel und bekomme zwei Knäckebrotscheiben – schwedische.

Sankt Moritz um die Jahrhundertwende

*In Sankt Moritz fällt kein Schnee
auf die leeren Pisten,
in der Nacht tut man sich weh,
Schmuck in Riesenkisten.*

*Kalte Spiele, Frostgefüge,
Ball und Bälle, Kerzenschein,
Neid und immer wieder Lüge,
wie bitter traurig muss das sein.*

*Und der Schnee fällt nur daneben,
nächtelang der Hahnenschrei,
körperhaftes Baucherleben –
eure Zeit ist längst vorbei.*

Du I.

*Durch Deine Entsagung hast Du mein Herz gestreift,
trotz aller Kränkung fandst Du den Weg zu meiner Seele.*

*Du bist der silberne Klang der Welt,
Du zerlegst das Chaos in einzelne Gemälde.*

*Im Dreivierteltakt der tanzenden Bienen
bewegst Du Dich,
Dein Leuchten macht den Himmel hoch
und der Duft Deines Körpers bricht
den Bann angehaltener Gefühle.*

*Wenn Du noch schöner wärst, wärst Du Gift,
wenn die leichte Linie Deines Lebens
von noch mehr Lieblichkeit umgeben wär',
dann wär's der Süßigkeit zu viel.*

*So aber stehst Du: eine Statue Gottes,
Zeichen seiner Allmacht,
eine Drohung schier
für die kleinen, geronnenen Seelen.*

Die wirklichen Helden

*Die wirklichen Helden hausen
versklavt auf zeitlosem Grund,
weit hinter dem Mittelpunkt
jenseits des Lichts,
fernab von jeglichem Leben,
wo Lachen
zu kristallenen Flocken erstarrt,
und schauen mit flatterndem Beben
ins blutende Nichts der Gegenwart.
Sie werden sich niemals ergeben.*

Lass die Träume siegen

*Wirf den Stein in einen See,
klemm das Nussblatt zwischen deine Lippen,
springe in den feuchten Klee,
tanze auf den Klippen,
sauge auf die Regennacht,
lass den Atem fliegen,
höhne jeder Übermacht
 – lass die Träume siegen.*

*Die Faust des Geschehens hängt
tief in den Lüften*

*Dasitzen und starren
durch milchige Wände
ins braunes Verwelken –
sich ducken vorm zuckenden Schrei,
die riesige Faust des Geschehens
hängt tief in den Lüften.
Das Zappeln und Streunen und Winden,
das Tänzeln
ist längst schon vorbei.*

Wenn dem Druck der Ereignisse kein Widerstand mehr geleistet werden kann, schmilzt das Innen, brechen Farben, die Gegend der Sehnsucht schrumpft, knittert und türmt qualvoll Schatten-

gebilde, Gesang wird zu sirrendem Summen. Dann wollen wir das Streicheln wieder lernen, komm! Die Bewegungen lockern und wieder entzerr'n, sich lösen vom täglichen Sinn, lauschen in Nächten dem klingenden Stern. Komm, lass uns den Schwerpunkt suchen im klaren Blau des rufenden Lichts.

Das Bild (für van Gogh)

Das Schwarze, das wild
in der Sonne wütet,
die Krähen ziehn düster
über das Korn,
ihr Kreis wird ins Dreieck gezerrt,
und behütet ist keiner
vor ihrem maßlosen Zorn.

Zu Klee

Phantastgebilde, tropfenweise
eingefangen
und zwangsgepresst
zu starrer Rätselhaftigkeit
und sinnlich grün
auf Blütendunst getragen,
dann zieht das Lächeln ein
und Stille in die Zeit.

Verschiebung der Angstsymbole

Elektronische Monstergebilde
sind von der Zeit überholt,
bestückter Atomstrahl und Ladung:
lachhaft veraltet.
Die gläserne Drohung
ist zwischen den Menschen,
die kalte Erstarrung des Lebens,
Vereisung des Atems,
Blockierung der Schallwellen,
Versteinerung,
Gefühle – ein Rinnsal, flach in der Luft.

Mäuseangst

In die Ecke gedrängt –
kein Ausweg,
piepsend, Augen flinkeln so heftig,
woll'n aus den Höhlen springen,
panisches Gestammel,
Webfehlerworte,
Vokale kippen den Schlund hinab,
vor allem die U's füllen gestapelt
das Röhrensystem,
werden zerformt und verrieben;
das Grauen springt in den Kreis
der ziehenden Stille.

Im Zuchtbau

An euren feststehenden Messern
erkenn' ich euch – Pack.
Hier hinter den grauen Stäben,
in kaltem Glück allein zu sein,
frist' ich's Leben –
für euch.

Ich spreche den Tod aller Tage, der Nächte und Jahre, Stunden der Zwischenzeit, die kläglichen Rätsel, die ätzend so manches Auge verdreh'n –
für euch.

Mitten unterm Kummerbaume

Mitten unterm Kummerbaume,
Rosenurteil, Kressenlicht,
schwarze Bänder flattern nieder,
überm Wald die Nebelschicht,
und von weitem schwingt das Singen
kalter Sensen durch das Tal,
und die Zeit fängt an zu springen,
schneidet Kerben in den Pfahl,
sticht leis klirrend aus dem Traum,
keine Sorge, keine Güte
mitten unterm Kummerbaum.

Hebammen gibt es nicht mehr

*Plattgewalzte Sterne
im Dunstkreis schwachen Lichts,
dünn gedrückte Träume,
Steppengras, sonst nichts.*

*Über all den Gräbern
grüne Vögel zieh'n,
fieberhaft vibrieren
und gen Norden flieh'n.*

*Die Ärzte heilen Puppen,
die langsam das Sprechen erlern',
die Toten lagern in Gruppen,
ein Priester höhnt seinen Herrn.*

*So gehen die Jahre ins Lande,
die Krippe im Staube und leer,
Geburt und ein Leben in Schande ...
Hebammen gibt es nicht mehr.*

Die Verglasung

*Der Morgen kommt mit fahlem Beben,
in den Straßen lauert noch Nacht,
die Ecken eisig rund
und nirgends regt sich Leben
– das hat die Glasschicht gemacht.
Es knackt in hohen Giebeln
und starke Äste brechen ab,*

das Glas kommt Schicht um Schicht
und macht noch alles schwer.

Nichts ist erreichbar mehr
trotz glühenden Verlangens,
die Münder formen keinen Laut,
das Glas dringt in die Poren
und wär's am andern Tage fort,
hätt's nur ein Spuk geboren.
Die Autos bleiben einfach stehn,
die Kinder glasen in den Ecken,
bevor sie sterben, klirrt's ganz hell,
es klirren auch die Hasen.

So glasen ganze Städte zu,
die Wälder werden starr und dunkeln,
die Sonne bricht an einem Fleck,
der Mond fängt an zu funkeln,
die letzten Menschen fliehn das Licht,
drängen in tiefe Schächte,
sie flüstern nur,
berühr'n sich nicht,
das Glas kommt durch die Nächte.

Auf Nachricht aus

Auf Nachricht aus –
verzweifelt suchend,
nach Glück, nach Freiheit und Vermögen,
tastend nach dem Rinnsal,
das es doch eben noch gab,

*nach der Demut, nach irgendetwas,
das uns sagt, was zählt,
und nicht das vom Zähneklappern
geforderte Nicken,
nicht das Sichverbeugen vor dem Rätsel allein,
elendes Greifen nach sogenanntem Strohhalm.*

*Gebt, Götter, uns die Kraft
zu bestehen im Auge des Nichts,
nicht wankend, nicht reumütig
in kindlicher Bezogenheit.*

*Wortlos, die Stirn gradaus,
bewusst und wach
und darüber hinaus noch
die Kälte des steinernen Pendels,
schmeckend bis zuletzt
wie ein Held,
als Tribut für das Glück
die Stunden des Grauens
bewusst erlebt zu haben
wie ein Gott.*

Getrennt von der Wirklichkeit

*Spürst du, wie die Farben verblassen,
die Töne verwelken und die Sprache gerinnt?
Ja, ich spür's –.
Ganz langsam senkt sich die Glocke herab,
senkt sich der Seele zu
und Spiel und Freunde sind nie gewesen.*

Im Schatten des Baumes
wird es heiß
und im Strahle der Sonne
ist's so kalt.
Grüner Mond,
schein' mir ein Lied aus den Tagen,
ja, welchen nur?
Rostrote Wolke,
wein' mir meine Tränen zurück.
Im Reiche des Spuks
da gibt's keine mehr.

Ganz dünn und so zart –
doch irgendwie geschliffen,
grün durchsichtig fast,
das ist Deine Haut –
und Deine Umarmung –
und manche Blitze Deiner Augen
fallen wie Staub
aus den Ecken der Wände.
Kränze, von Traurigkeit durchsetzt,
streicheln Dein Gesicht,
während die Tränen des Himmels
durch lange Schächte fallen.

Das Wissen um Dich
lässt die Welt wieder sein –
Deine Augen so gierig, so durchlässig,
so wie geschliffener Bernstein,
deux fleurs concaves.

Deine Augen
und ihr Triumph ...
dann ist es manchmal,
als hätte die Zeit aufgehört –
sich verneigend vor einer Unendlichkeit,
die nur uns gehört.

Im Quantentakt geschichtlicher Zeit

Reiskörner hör' ich fallen
im Quantentakt geschichtlicher Zeit –
und unterm Zwirbelbaume
in der Höhle zum Nichts
da steht unser Tisch
gedeckt mit weißem Leinen
und den silbernen Krügen.

Da wird uns geleuchtet die Nächte entlang
und das tönerne Schlagen
der Eisblumenfenster
begleitet den Tanz unserer Schatten.

Ich spreche den Tod aller Tage,
der Nächte und Jahre,
Stunden der Zwischenzeit,
die kläglichen Rätsel,
die ätzend so manches Auge verdreh'n
– für euch.

Nach der Verglasung

*Am Himmel fern die Sterne steh'n,
sie starren fern herunter,
sie glitzern nicht, sie starren nur,
sie gehen auf und unter
und die Gedanken sträuben sich
vor all den Gläserwänden,
sie gleiten dreimal um die Uhr
und lassen's damit enden.
Gefühle schweben nördlich ab,
sie finden kein Zuhause,
sie kreisen ziellos durch den Raum
und schweben ohne Pause.*

Das erste Mal in der Psychiatrie war ich 1982. Im selben Jahr kaufte meine geschiedene Frau, wie abgemacht, ein kleines Bauernhaus auf Ibiza. Dort zog ich hin, doch zwischen '82 und '90 war ich jedes Jahr in der Psychiatrie, einmal fünf Monate. Ich hatte ab und zu geschrieben in der Zwischenzeit. Wenn ich betrunken war. Nur der Alkohol konnte mir einige Stunden Helligkeit geben, keine Tabletten, nichts, nur Alkohol und Bewegung. Ich zwang mich, Tennis zu spielen, und es war grausig. Spielen Sie einmal in einer Depression Tennis.

Leben Sie einmal von 1.500 DM, wobei davon noch 300 DM für die Versicherungen weggehen. Auf meinem Leidensweg kam ich auch einmal nach Bad Herrenalb, zu Dr. Walter Lechler, das war eine Klinik, in die nur die kamen, die fast nicht mehr zu retten waren. Alles Selbstmordkandidaten. Von den hundert Leuten, die ich da traf, hatten sich nach zwei Jahren achtzig Prozent umgebracht.

Was mir das Leben gerettet hat, in den letzten Jahren?

Die Malerei. Zuerst die geistige Beschäftigung mit ihr, dann das eigene Malen. Das Umgehen mit Farben und Formen hat mir das Leben gerettet. Natürlich waren die intensiven Gespräche mit den Ärzten wichtig und die Anteilnahme der Mitpatienten und später die intensiven Erlebnisse in den Kirchen.

Aber das Leben haben mir die Farben gerettet, nur diese Farben haben meine zugemauerte Seele aufgebrochen. Die freie Absolutheit und Unschuld eines Marineblau zum Beispiel konnte zu mir vordringen, denn es brauchten keine Schutzwälle aufgebaut zu werden. - Ja, ich glaube, es war Blau, das mich wieder schauen lernen ließ.

Als ich auf Ibiza lebte, hatte ich dort eine Ausstellung und wurde von der spanischen Tageszeitung El Mundo interviewt:

Von Morgen: Asi es la pintura: entre tu espíritu y tu cautiva" (So ist die Malerei: Zwischen Geist und Hingerissensein)

An diesem Abend findet die Ausstellung des Malers Joachim von Morgen in der Galerie „Art i Fang" statt. Dieser Maler kam zur Malerei durch seine Leidenschaft für Farben und durch das Sammeln von Kunst. Sein Wissen und seine Liebe für die Welt der Kunst bewirken, dass er seine Ideen plastisch machen und seine Suche und seine Wünsche auf die Leinwand übertragen will.

Diese Ausstellung bietet die Möglichkeit, seine Meinung betreffs der aktuellen Kunst darzustellen.

„Ich denke, dass sich die aktuelle Malerei selbst überlebt hat. Nach Antoni Tàpies ist es sehr schwierig, etwas Neues zu erfinden, weil alles mit Farbe und Pinsel schon gemacht ist. Und wer will schon sich oder andere nachäffen. Deshalb übe ich in meinen letzten Bildern ernsthafte Selbstkritik und mein Werk ist das Resultat eines reinigenden Prozesses, in dem die Malerei beendet wird, zerstört wird. Daraus entsteht eine

Collage aus Glas, Leinwand und Rahmen, , verbunden zu einer Explosion mit neuen Farben – was auch an den Raubbau des Menschen an der Welt und die Evolution der modernen Kunst erinnern soll", erklärte uns von Morgen.
Neben deutschen Künstlern sind seine großen Lieben: Tàpies, Miró, Kandinsky und Pollock; sie üben einen großen Einfluss auf sein Werk aus.
Wie Pollock benutzt er das „Dripping" (Träufeln), um Farbe auf die Leinwand zu bringen (ursprünglich eine Erfindung von Max Ernst). Auch benutzt er den Pinsel, um Farbe auf die Leinwand zu werfen (Action Painting).
„Das erste Mal, als ich einen Pollock sah, musste ich weinen und kannte den Künstler noch nicht einmal; wir kauften das relativ kleine Bild aus der besten Zeit. Nun nach seinem Tod ist Pollock sehr berühmt und einer der teuersten der Welt. So ist die Malerei: zwischen Geist und Hingerissenheit!", meint von Morgen.
Er pendelt zwischen Ibiza und Berlin.
Dieser abstrakte Künstler braucht das Licht der Insel, um zu malen. Viele Künstler lieben deshalb die Insel. Die Farben, der Himmel, das Meer, die Felder und Kakteen Ibizas haben es ihnen angetan.
Von Morgen kommt seit 1960 auf die Insel. „Damals war Ibiza noch ein Paradies ohne Asphalt, Autos und Touristen. Alles hat sich gewandelt. Aber ich habe mein Refugium in Benimussa, wo es noch wie früher ist. Hier liebe ich es zu schreiben und zu malen." Er bekräftigt: „Die Malerei ist ein Akt der Liebe, und ich würde mich freuen, wenn ich den Menschen in Sant

Josep neue Wege öffnen könnte durch Meditation und die Berührung des Unendlichen."
Hingewiesen sei auch auf seine schriftstellerischen Arbeiten. "Jede Berührung eine Verletzung" (ISBN 3-937468-01-3) und „Reise im Schatten des Mondes" (ISBN 3-937468-07-2).

In Schwäbisch Gmünd hatte ich angefangen zu malen, und das führte ich in Freiburg weiter. Das hatte ich schon bei meinem ersten Psychiatrieaufenthalt gemacht. Es war eine der besten Therapien, die ich haben konnte, das Malen. Es kam nicht viel dabei raus, aber ich liebte die Farben, ich imitierte ein bisschen Jawlensky, machte kaputte Bilder mit Stacheldraht und Isolierband, schrieb mit Farbe vermischte Worte an die Wand, das heißt auf die Leinwand. Worte wie „Wahrheit oder Wohlergehen" oder „Hurra, wir leben ewig" oder „Jede Berührung eine Verletzung". Ich hatte vom wieder mal letzten Geld einen ganz alten Citroën gekauft, mit dem fuhr ich durch die Lande, das Meer beruhigte mich, ich schwamm immer zu einem Felsen, ich redete mit ihm, wie mit einem Menschen.

Ich lernte Maler kennen auf Ibiza, wie David; einen Schriftsteller, Amerikaner, auch Maler; einen Schwarzen, der wunderbar Gitarre spielen konnte und bildhauerte. Er hatte ein bisschen Geld von dem Koreakrieg, er bekam eine Pension als Soldat und lebte hoch oben in den Bergen. Wir spielten Schach und spielten zu viert. Meine Depressionen ließen etwas nach, aber sie kamen wieder. In der Zeit, in der ich frei war von dem Fluch, fing ich wieder an, Tennis zu spielen. Ich lebte wie ein Einsiedler, manchmal konnte ich Musik hören, Bach war mein Favorit, die Sonaten, Violinsonaten, von Ann Sophie Mutter gespielt, bis zur Bewusstlosigkeit gehört, und natürlich Armstrong, den alten Armstrong und King Oliver, Benny Goodman, Django Reinhardt, Billy Holiday, Bessy Smith, die Ingspots, die Milles Brothers.

In den Ferien besuchte mich mein Sohn, wir spielten Tennis und uns ging es gut. Wir spielten Schach, was er mit drei Jahren gelernt hatte. Der Abschied war schlimm, ich hatte kein Telefon, doch manchmal, wenn ich etwas Geld übrig hatte, telefonierte ich von irgendeinem Hotel aus, um einmal seine Stimme zu hören. Diesem Sohn, Carl-Christian Kurt, habe ich also nicht meines Vaters Vornamen oder meinen, Heinrich-Joachim, gegeben, sondern den meines Großvaters Kurt. Den Namen Heinrich-Joachim hatte mein Großvater meinem Vater gegeben, weil seine Taufpaten Prinz Heinrich und Prinz Joachim waren, die Söhne des Kaisers. Heinrich war Chef der Flotte und Joachim Chef des Heeres. Als Freund des Kaisers hatte mein Großvater auch das Wappen bekommen und den Adelstitel. Der Kaiser hatte eigenhändig das Wappen für meinen Großvater, also auch meines, entworfen. Mein Großvater wurde 1904 auf dem Kriegsschiff Tirpitz geadelt. Der Spruch des Wappens lautet „Durch Kampf zum Sieg", was ich für ziemlich martialisch halte.

Viel beschäftigte ich mich mit der Religion. An der Gestalt Luthers verzweifelte ich derart, dass ich der protestantischen Glaubensrichtung nicht mehr angehören wollte. Sicherlich hat er, Luther, manches Gute im Sinn gehabt, doch die Auswirkungen des Schismas waren grausig (Dreißigjähriger Krieg etc.). Zudem war Luther ein Judenhasser und Verherrlicher des Krieges.

Angeregt durch eine durch und durch vergeistigte Nonne konvertierte ich dann zum katholischen Glauben mit der stillen Absicht, irgendein untergeordnetes Amt in der Kirche nach entsprechendem Studium zu bekleiden und Gläubigen Gott nahezubringen.

Doch bevor das geschah, stiegen immer größere Zweifel in mir auf, besonders als ich die 2000-jährige Geschichte des Christentums eingehendst untersuchte und von Hexenverbrennungen, Folterungen, Vergewaltigungen und anderen Verbrechen erfuhr. Ich lernte auch, dass fast alle christlichen Symbole von den Griechen, Juden und besonders den Ägyptern übernommen worden waren.

Schließlich fand ich die ganze Geschichte: Jungfrauengeburt, Vater opfert Sohn, der als Gott ans Kreuz geschlagen wird, Erbsünde – und schließlich die Erkenntnis, dass es gar keinen geschichtlichen Jesus gegeben hat, die unglaublichen Fälschungen in der Bibel, um sich zu bereichern und schließlich den hundert-, wenn nicht tausendfachen Kindesmissbrauch in den zurückliegenden Jahren ohne den Versuch einer sachlichen Aufklärung, derartig haarsträubend, dass ich aus dieser morbiden Institution einfach austreten musste.

Der Mensch lebt im Grunde so nur auf sich gestellt, wenn man es philosophisch ausdrücken will, dass ihm die ihn umgebende Leere solche Angst macht, dass er eher die verrücktesten Dinge zu glauben gewillt ist.

Ich konvertierte, wie gesagt, vom protestantischen Glauben zum katholischen und ging regelmäßig in die kleine Kirche in San José zu meinem Freund, dem Priester Vincente. Ich war der einzige Ausländer in der kleinen Kirche, umgeben von den schwarz gekleideten Bäuerinnen mit kleinen Zöpfen. Da fühlte ich mich wohl. Vicente, der Priester, sprach auch manchmal auf Deutsch, denn mein Spanisch war sehr dürftig. Einmal, die Kirche war voll, ich saß am Rand, kam eine Bäuerin, schwarz, vielleicht achtzig Jahre alt, und fand keinen Platz. Ich stand auf, um ihr meinen Platz zu geben. Sie winkte ab, ich setzte mich wieder und bot ihr meinen Schoß an, und tatsächlich, die alte Bäuerin setzte sich auf meinen Schoß, kicherte etwas verlegen, die anderen um uns herum kicherten ebenfalls und so blieb sie auf meinem Schoß, bis der Gottesdienst zu Ende war.

In Sant José starb Emil Schumacher, den ich sehr verehrte, und von dem ich Bilder erworben hatte.

Ich fing an, einen Roman zu schreiben. Einen Roman von einem Mann, der Golfspieler ist und sich auf das wichtigste Spiel seines Lebens vorbereitet. Ich beschreibe den Mann nicht auf die übliche Art, wie zum Beispiel, er ist 1.80 m groß, hat blaue Augen, blondes Haar, nein, ich beschreibe ihn durch die Gedichte, die er verfasst hat und durch das, was er erlebt. Der Mann bereitet sich vor auf das große Spiel gegen einen Diktator, der in Ataglog lebt – man drehe das Wort um. Der Mann also kommt dorthin, aber auf einem Drahtesel, wäscht noch die Füße seiner Verlobten, geht zum Spiel und schießt am 18. Loch mit einer Pitching Wedge dem Diktator zwischen die Augen. Dieser stirbt und in diesem Moment fliegen zwei Jets über den Platz. Der eine von Norden, der andere von Westen, und ihre Kondensstreifen kreuzen sich.

Mein Bruder Burghard war rührend zu mir, wenn es mir schlecht ging, ich bin ihm überaus dankbar. Er ermöglichte mir, eine kleine Wohnung in Freiburg zu beziehen, sodass ich nicht darauf angewiesen war, immer dort unten auf der Insel zu bleiben.

Ibiza ist ein gefährliches Pflaster, viele Alkoholabhängige, Heroinsüchtige, Mafiosi, und die haben nichts anderes im Sinn, als den Zugereisten das Geld aus der Tasche zu ziehen. Zum Glück liegt mein Haus ganz versteckt in den Bergen, nur von Bauernhäusern umgeben und Bauern, die dort ihre Felder bestellen. Die nettesten, natürlichsten, die liebsten Menschen, die ich je getroffen habe.

1988 hatte ich meine erste Ausstellung in Freiburg, von hundertsechzig ausgestellten Bildern wurden elf verkauft, die meisten allerdings an meine Familie. Die Aufenthalte in der Psychiatrie wurden kürzer und ich konnte wieder lesen. Ja, ich lernte das Lesen wieder, man muss das Lesen erst wieder lernen. Ich las Martin Buber, Eli Wiesel und Canetti und war hingerissen. Die Bibel las ich zweimal durch.

Nun war ich gläubiger Katholik und fand die Hoffnung, den Glauben und die Liebe wieder. Doch das Getue im Vatikan, das Tun der Priester und Bischöfe, das Verhalten gegenüber Hans Küng und Eugen Drewermann haben mich erzürnt. Auch die Geschichten mit der Vatikanbank, die Zusammenhänge zwischen der Banco Ambrosiano und der Mafia haben mich so angewidert, dass ich - wie ich schon sagte - aus der Kirche ausgetreten bin.

Ich hatte eine Freundin, Mechthild, die mich verehrte und liebte und mir mein Buch schrieb; sie konnte fabelhaft tippen. Sie war Alkoholikerin, und als sie einmal auf Ibiza war und wir in eine Tienda gingen, zu Maria, da verlangte sie eine Wurst, eine Wurst mit der Pelle. Maria und ich beschworen sie, das nicht so zu essen, das sei gefährlich. Zwei Jahre später ging sie ohne mich in Freiburg in einen Wurstladen, kaufte sich wieder ein Stück Wurst mit Pelle, aß es und erstickte an der Pelle. Ihr Bruder, Rechtsanwalt, beschiss mich um das Erbe, denn Mechthild hatte mir ein Vermögen vermacht. Doch durch einen Trick schaffte es dieser Rechtsanwalt, der befreundet war mit den zuständigen Richtern, mich um dieses Geld zu bringen. Nun, was ist schon Geld, wenn man noch am Leben ist?

Doch ihr Tod hat mich arg mitgenommen. Ich musste für sechs Monate wieder in die Psychiatrie und diese Depression war schlimmer denn je. Ich wurde vollgepumpt mit Medikamenten, ich konnte mich kaum noch bewegen, konnte nicht mehr denken, nicht mehr lesen, nicht mehr hören, nicht mehr sehen. Es war grausam, aber jede Depression frisst sich irgendwann selber auf, zumindest für einige Zeit. Das kann ich allen denen sagen, die unter dieser Krankheit leiden. Eine Krankheit, die wohl schlimmer ist als jede andere auf der Welt.

Irgendwann kam dann ein Frühling, und als ich ihn staunend wahrnahm, wurde mir klar, dass ich 30 Jahre lang keinen Frühling mehr wahrgenommen hatte.

Als es mir wieder besser ging, machte ich meinen Führerschein 1 und fuhr eine schwere Kawasaki, herrlich. Es erinnerte mich etwas an das Fliegen. Die Leute schüttelten den Kopf, denn ich ging schon auf die sechzig zu - typisch Heijo, meinte man. Das ist eben nicht normal. Ich spielte wieder Tennis, wurde Dritter bei der badischen Meisterschaft und ganz plötzlich über Nacht erbte ich eine Menge Geld - zusammen mit vierzig anderen. Es war ein Haus in Berlin, nahe dem Alexanderplatz, das mein Urgroßvater, der Guthmann, gebaut hatte. Nach der Wiedervereinigung konnten wir das Haus verkaufen.

Meine Ex-Frau heiratete einen reichen Berliner. Er lebte in Stuttgart und hatte dort das große Modegeschäft auf der Königstraße. Er starb aber sehr bald. Mein Sohn Carl-Christian wurde in ein Internat geschickt, nach Salem, machte mit Glanz sein Abitur und dann in Berlin seinen Magister in Philosophie und beide Staatsexamen in Jura. Jetzt ist er Anwalt in Berlin. So könnte er mich jederzeit, wenn's nötig würde, aus dem Gefängnis holen, und mein Sohn Daniel könnte mich aus der Psychiatrie holen. Ich zog in eine kleine Zweizimmerwohnung in Berlin und ging auf Anraten meines Sohnes zu der Heilpraktikerin Yashi Kunz. Sie sah mich an und sagte: „Mein Gott, was müssen Sie gelitten haben in Ihrem Leben." Sie gab mir Fußreflexzonenmassagen und eine ganze Menge homöopathischer Mittel. Das war vor einiger Zeit. Seither habe ich keine Depression mehr, ich kann wieder schreiben, ich kann wieder lachen, ich kann Musik hören und ich kann mich unterhalten, ich kann mit der U-Bahn fahren, mit dem Bus, mit der S-Bahn, ich kann wieder frei und ohne Angst einkaufen. Ich habe keine Angst mehr vor meiner Zahnbürste, ich habe keine Angst mehr vor dem Schrillen des Telefons, bin zurück in der Welt. Es war sehr merkwürdig; ich war vorher bei meinem Hausarzt gewesen und der sagte, er gibt mir keine drei Monate mehr, so schlecht waren meine Werte. Auch die Homöopathin, die Kunz, eine tolle Frau, die ich nur empfehlen kann, sagte mir, sie hätte mich beinahe nicht behandeln können, weil meine Werte so schlecht wären, dass ich nur noch höchstens drei Monate zu leben hätte. Als ich diese Kur bei ihr dann ein Jahr lang gemacht hatte, ging ich zu meinem Hausarzt, der checkte meine Werte noch mal und meinte: „Es ist ein Wunder passiert, Ihre Werte sind exzellent", und da sagte ich ihm: „Ja, ich war bei einer Homöopathin."

Meine Version vom Tod meines Vaters Heinrich-Joachim am 27. Mai 1932 auf dem Nürburgring

Mein Vater war vor der Heirat mit meiner Mutter mit einer Frau Frisch liiert, die genauso viel trank wie er und ebenfalls Rennen fuhr. Als sie merkte, dass mein Vater, den sie unendlich liebte, meine Mutter heiraten würde, begab sie sich in das Bett eines Monteurs und sie beschlossen, etwas Furchtbares zu machen. (Das ist meine Version.) Sie blockierten das Steuerrad oder die Bremsen meines Vaters. Die Frisch hatte nach dem Tod meines Vaters, an der Kirche, der Andreaskirche in Berlin, genau gegenüber, nur getrennt durch die Kirche, auch ein Grab graben lassen. Sie fuhr gegen einen Baum und war tot. Und ich behaupte, dass dieser Monteur mit ihr den Tod meines Vaters zu verantworten hat, obwohl ich es nicht beweisen kann, aber alle Zeichen deuteten auf Sabotage. Vielleicht wollte sie ihm einen Schreck einjagen, aber die Sache verlief tödlich.

Ich habe lange auf Ibiza gelebt, ganz abseits des Trubels in meiner kleinen Finca in Benimussa. Umgeben von netten Ibizenkos, Schafen und Ziegen, allein mit meiner Katze und dem Internet, über das auch meine beiden Bücher zu beziehen sind. Ihre Titel: „Jede Berührung eine Verletzung" und „Reise im Schatten des Mondes". So saß ich dreißig Jahre dort mit meinen Hunden und Katzen, schaute in die Weite, in die Hügel, in die Täler Ibizas, las Kant und Hegel, Martin

Buber und andere und versuchte, mich in die Philosophie einzuarbeiten.

Auf die Dauer war mir das Leben dort zu einsam. Das Haus wurde verkauft, und jetzt lebe ich wieder in Berlin. Die Religionen habe ich hinter mir und muss sagen, wenn schon, dann läge mir am meisten der Buddhismus. Ich höre viel Musik, Jazz und Klassik, habe auch etwas Interesse gefunden an Hindemith und den Modernen. Wenn ich gut drauf bin, schreibe ich weiterhin Gedichte und Kurzgeschichten und male selbstverständlich auch, aber nur wenn ich wirklich gut drauf bin.

Kunst: Ich liebe das Fragmentarische, da ist für den Betrachter Platz, das Werk im eigenen Kopf zu vollenden.

Politik: Und ihr Herren Politiker, wann nehmt ihr endlich den Kampf gegen die total aus dem Ruder laufende Korruption in euren Reihen auf? Die Bürger und die Welt warten! Man lese dazu: „Die korrupte Republik" von Hans Walter Tillack.

Im Grunde sind die ärmsten Schweine die Politiker, deren Beruf das Lügen geworden ist. Wer am besten lügt, wird gewählt.

Depression: Man kann jeden Film, wenn er einem gefällt, viele Male anschauen, da er mangels Konzentrationsfähigkeit nach kurzer Zeit schon wieder aus dem

Hirn gelöscht ist. Was für ein Vorteil. Das Gleiche gilt auch für das Lesen von Büchern.

Meinen *eagle* habe ich unbemerkt zustande gebracht: Nach zweistündiger Suche fand ich den Golfball im entsprechenden Loch. Da hörte ich auf Golf zu spielen, obwohl es eigentlich toll ist, denn man braucht keine anderen dazu. Der spätere Coach von Bernhard Langer hat mir den Spaß verdorben, indem er behauptete, ich würde in einem Jahr mindestens Handicap 9 erreichen (er kannte mein Tennisspiel), was mich total verkrampfen ließ. Drei Jahre lang kam ich über eine 36 nicht hinaus. Der Kerl Hoffmann, der auch den Langer total nervös gemacht hat, nannte mich pausenlos „Herr Doktor" und stellte mich anderen Spieler als das Jahrhunderttalent vor.

Christina war sehr großzügig, stellte mir eine kleine Finca auf Ibiza zur Verfügung, vermachte mir neben ein paar Bildern auch eine Pension und kümmert sich rührend um unseren Sohn und die Familie, sowie auch um meinen Sohn Daniel in Mailand, was ich ihr hoch anrechne.

Depressiv zu sein, hat auch Vorteile. Man findet, da man immer gebückt geht, erstaunliche Gegenstände auf seinem langsamen Weg.

Frauen haben mir immer geholfen – Männer mag ich nicht so – immer dieses Machogehabe.

Zweitausend Jahre folgten die Kirchen nicht die Lehre Jesu Christi, sondern existierten vor allem im Zeichen von Mord, Lüge, Bereicherung, Vergewaltigung und Diskriminierung von Frauen.

1978 sah ich den Unfall von Niki Lauda und wie er von einem Freund aus den Flammen gerettet wurde und überlebte. Es geschah fast an der gleichen Stelle wie der Unfall meines Vaters. Manchmal sehe ich Niki Lauda hier auf Ibiza. Dann beobachte ich ihn von Weitem und denke jedes Mal an meinen, mir unbekannt gebliebenen Paps. Aber ansprechen würde ich den Niki nie, es wäre mir zu peinlich.

Und nun steht pausenlos diese Zukunft da, was soll werden? Und dazu noch in dem Alter?!

Eigentlich hatte ich vor, noch mal zu heiraten, so wie Henry Miller, der mit über achtzig Jahren eine 19-jährige Japanerin liebte und die ihn auch. Sie hatte sich in seine Briefe, seine Aquarelle und natürlich in seine Bücher verliebt. Er hatte noch ein paar schöne Jahre mit ihr und ich glaube sogar zwei Kinder. Wie, weiß ich nicht, es gibt da die verschiedensten Möglichkeiten und schließlich hat Chaplin noch mit neunzig Jahren seine Tochter Geraldine gezeugt.

Meine größten Fehler sind: Leichtgläubigkeit; zu schnelles Vertrauen in meine Umwelt, doch gleichzeitig Angst vor ihr. Manchmal quatsche ich zu viel, manchmal bin ich zu stumm. Ich gehe zu leichtsinnig mit dem Geld um und bin von einer Unordentlichkeit, die unglaublich ist. Ich bin im Grunde nicht sehr selbstbewusst, was sich darin zeigte, dass ich regelmäßig, wenn ich einen Matchball hatte, Doppelfehler fabrizierte (und so waren meine Tenniserfolge im Doppel und im Mixed mit meiner zauberhaften Mixed-Partnerin Gerti von Ladiges weit größer als im Einzel). Ich lege zu wenig Wert auf Äußerlichkeiten und liebe Frauen weit mehr als diese Machomänner. Ab und zu habe ich heute noch ziemliche Depressionen, was nur jene verstehen können, die selbst an dieser Krankheit leiden.

P.S. Millers Japanerin lebte noch lange ohne Sorgen, und wenn sie nicht gestorben ist, so lebt sie heute noch ...

Es muss ja nicht unbedingt eine 19-jährige Japanerin sein.